Jiu & Luca
「氷竜王と炎の退魔師」

Chara

氷竜王と炎の退魔師

犬飼のの

キャラ文庫

この作品はフィクションです。
実在の人物・団体・事件などにはいっさい関係ありません。

目次

口絵・本文イラスト／笠井あゆみ

中生代から脈々と続く恐竜遺伝子を持つ、竜人のための学校、私立竜泉《りゅうせん》学院──。

年が明けて三学期が始まった中等部三年の教室で、竜嵜慈雨《りゅうざきじう》は学校案内のパンフレットを読んでいた。

竜泉学院のものではなく、他校のパンフレットだ。

今は授業中なので、一応教科書を開いて隠している。

見つかったところで叱られる立場ではなかったが、最低限のマナーは心得ていた。

──あ、バレた。

机の間を歩きながら教科書を読んでいた教師が、慈雨の手元に目をやった。

クラスで唯一の金髪碧眼《へきがん》、しかも小麦色の肌をした慈雨は、とにかく目立つ。

見つかるのも当然だったが教師はなにもいわず、見なかったことにして授業を続けた。

慈雨の父親が、この学院を運営する竜嵜グループの総帥であり、なにより竜人界の王であるティラノサウルス・レックス竜人の竜嵜可畏《かい》だから、怖くてなにもいえないのだ。

竜泉学院は、恐竜に変容できる竜人だけが通う学校で、教室には恐竜の影があふれている。

教師を含め、ここにいる誰もが……慈雨以外の誰もが、恐竜に変容可能だ。

その証拠のように、それぞれが自分の恐竜の影を背負っている。

人間としての影がひっそりと床にできるのとは違い、恐竜としての影は見せつけるように堂々と、各自の後ろに聳《そび》え立っていた。

古文の授業を受け持つ教師は、肉食恐竜ヴェロキラプトルの影を……隣の席の生徒は、草食恐竜トリケラトプスの影を……誇らしげに背負い、それが当たり前のような顔をしている。

彼らは恐竜に変容できるという特徴はあるものの、それ以上の何者でもなかった。

一方、人間との間に生まれた慈雨は恐竜に変容できず、恐竜の影も持っていないが、それを補って余りあるほどの異能力に恵まれている。

自他共に認める、大変な才能の持ち主だ。

恐竜の影を持たないことで劣等感を覚える必要などまったくなく、恐竜に変容できる竜人をうらやましがる必要もない——と親にいわれ、自尊心を大切にするよう育てられた。

それでも本当は恐竜の影が欲しかった。恐竜に変容できる身でありたかった——とは親にもクラスメイトにもいえないけれど、密《ひそ》やかな本心だ。

チャイムが鳴り、教師に注意されることなく授業が終わる。

昼食の時間になったので、周りの生徒が我先にと近づいてきた。

「慈雨様、今日は僕たちと食べませんか？」

「いいえ、私たちと食べましょうっ」

みんな笑顔で、肘でライバルを突き飛ばしながら意気込んでいる。

竜王の息子と仲よくなれば、将来なにかと有利になると思っているのだろう。

教室移動や昼食のたびに囲まれて、ぜひ一緒にと誘われるのはいつものことだった。

その日の気分で断ることもある慈雨だったが、今日はそれすらも面倒に感じて、「ああ」と一言、最初に話しかけてきたグループと行動することにした。

教室を出て校舎の外に行き、第一寮に直結している食堂に向かう。

肉食恐竜用の食堂にぞろぞろと足を踏み入れ、いつものように刺身定食を選んだ。

慈雨が入学するまではなかったメニューで、父親の可畏が慈雨のために追加したものだ。

慈雨は水棲竜人《すいせい》に近いため、肉や野菜よりも魚を好む傾向にある。

刺身定食は日によって内容が違い、旬の刺身や魚のフライなどをたっぷり食べられるので、慈雨にとっては最適なメニューだった。

「慈雨様のおかげで僕たちも美味《おい》しい魚にありつけて、とてもうれしいです」

慈雨と一緒に食事を摂《と》るとき、彼らは必ずといっていいほど刺身定食を選ぶ。

獣肉のほうが好きなくせに、慈雨と同じものを食べて「美味しい、美味しい」とよろこんでみせるのがお約束だった。

そんなことをされてもなにもうれしくない慈雨に向かって、クラスメイトは「慈雨様が一番好きな魚はなんですか？」と訊《き》いてくる。

本当は興味ないくせにと思うと答えるのも馬鹿らしく、「なんでも」とおざなりに返した。

会話が続かない中、今度は別のクラスメイトが「今日の髪型すごくカッコイイです。昨日と分け目が違いますよね？」と、いかにも慈雨に興味がある振りをする。

「黄金の絹糸のようなブロンドが綺麗《きれい》で、本当にうらやましいです」

「どんな髪型にしても似合いますよね、なにしろ学院一の美少年ですから」

「慈雨様と並んで引けを取らないのは、倖様《こう》くらいですよ。双子《ふたご》でありながらも似ていなくて、それでいてどちらもお美しくて目の保養です」

「それに、お二人とも恐竜に変容するまでもなく能力を使える……正真正銘の超進化型ですし、本当にうらやましいです。僕たちみたいな古い種とは格が違いますよね」

聞き飽きたおべっかを不愉快な思いで聞いていると、食堂の入り口がにわかに騒がしくなる。

今まさに名前が挙がった倖が……慈雨の双子の弟の竜嵜倖が、クラスメイトの半分くらいを引き連れて現れた。

慈雨からすればただの取り巻き連中だが、倖いわく「みんな友だち」らしい。

倖を王子様のように扱う彼らは、「今日はなににしますか？」「僕たちも倖様と同じものを食べたいです」といい、こちらとあまり変わらない状況だった。

唯一違うのは、彼らに対する慈雨と倖の態度だ。

慈雨がいつもテンション低く半ば迷惑そうに対応するのに比べて、倖は彼らに友だちとして接している。「今日はなににしますか？」と訊いてきた相手に向かって、「なにがいいかなぁ、金城《きんじょう》くんはなにが食べたい？」と逆に訊いてみたり、「みんなで同じの食べたら品切れになっちゃうかも」なんて笑い返したり、いつも通り愛想がいい。

「あ、慈雨くーん」

慈雨とその取り巻きに気づいた倖が、小さく手を振ってくる。

慈雨もさっと手を上げて応えたが、それだけだった。

親の教育方針で、学校内ではなるべく別行動を取るようにといわれていてクラスも違うため、一緒に食べることはない。

それでも倖に対するおべっかは聞こえてきて、慈雨は次第にイライラしてくる。

倖はクラスメイトの名前を憶《おぼ》えているうえに、かけられた言葉にきちんと対応していた。

決して友だちなどではない連中に対する倖の無駄な労力や優しさを思うと、どうしても腹が立つ。

倖は慈雨にとって、かけがえのない弟だ。

父親も母親も、もう一人いる弟も大切だけれど、倖に対する想《おも》いとは違う。

マシュマロのようにふわふわの白い肌と、ゼリーのようにぷるんとした唇、艶々の黒い髪を持ち、きらめくべっこう飴《あめ》のような目で自分を見つめてくる倖を心の底から愛しているので、倖のそういった美点が他人に向けられるのがいやだった。

できることなら今すぐに席を立ち、倖の手首をつかんでどこかへ連れ去りたい。

ただ恐竜に変容できるというだけの……それ以外はなんら秀でたところのない、つまらない連中から引き離して、二人だけでいられる小さな部屋に閉じ籠もりたい。

——凡庸なラプトル風情が、倖ちゃんにベタベタさわるんじゃねーよ！

小型肉食恐竜の影を持つ生徒の一人が、倖の肘に触れたので苛立《いらだ》ちが加速する。

いつも笑顔できらきらと輝く天使のような倖が、凡人の手によって穢《けが》される気がした。

親の教育方針におとなしく従っているけれど、本当は不満だらけだ。

友だちとはいえない取り巻き連中など蹴散らして、二人だけですごしたい。

誰にもさわらせず、他の誰とも話をさせず、無垢《むく》な瞳に自分だけを映したい。

——そんなことしてたらヤバいことになるって、わかってるけど……。

着席後に目が合ってまた手を振ってくる倖に、慈雨は苦笑を返す。

学校では離れている分、家では存分になついてくる倖を……途轍《とてつ》もなく可愛《かわい》く思う一方で、その可愛さに手を焼いていた。


その日の夕食後、慈雨はテーブルに学校案内のパンフレットを広げた。

竜泉学院を出て人間の学校に通うと決意した慈雨の前で、両親と弟の倖は寝耳に水とばかり、ただただ呆然《ぼうぜん》としている。

「聖《セント》ラファエル学園……どうしてもここに行きたいんだ」

慈雨はきっぱりと口にしたが、三人は言葉も出ない様子だった。

それでも構わず、慈雨はパンフレットを両親に向けてずいと滑らせる。

高校から別の学校に移ると決めた時点で寮生活を送ろうと考えていたので、候補は最初から数校に絞られていた。

都内にある竜泉学院や自宅から、ある程度遠くなければならない。

気軽に倖に会えてしまう環境では駄目なのだ。

さらに水棲竜人に近い慈雨の体質の問題で、海の近くに住む必要がある。

そうなると一校に限られ、残ったのは聖ラファエル学園という、全寮制男子校のみだった。

「聖ラファエル学園って……聞いたことあるけど、静岡《しずおか》とかじゃなかった？」

男ながらに慈雨と倖の母親で、そのうえ三十三歳でありながら二十歳くらいにしか見えない永遠の美少年――沢木潤《さわきじゅん》が、パンフレットを手にする。

「やっぱり静岡だ」とつぶやき、遠すぎるといいたげに顔を曇らせた。

潤と同い年で、やはり若々しい見た目の竜嵜可畏は、「正気なのか？　人間の学校だぞ」と、あからさまに抵抗を示す。

竜泉学院は可畏の支配下にある一貫教育校で、日本に生まれた竜人の子供はそこに通うのが当たり前だった。

男子には男子の、女子には女子の学院があり、いずれも竜人が人間にまぎれて生きる方法を学ぶための学校だ。

慈雨と倖は、幼稚園から中学校まで、当然のように竜泉学院で育った。

「俺は恐竜に変容できるわけじゃないし、人間の振りをするのは慣れてるから……だからもう、竜泉にこだわる必要はないと思うんだ。竜泉にいるとどうしたって王子様扱いされて、調子に乗っちゃうだろ？　見た目だけでも目立つし、なんたって竜王様の息子なわけだし」

もっともらしい理由をつけた慈雨は、言葉に見合う表情を努めて作る。

可畏と潤をまっすぐに見つめ、「このままワガママいっぱいに育ったら、人として駄目だと思うんだ」と大真面目にいってみた。

同時に施設案内のページを開き、二つあるプールの写真を指差す。

「この学校の寮は、屋内プールの他に屋外の海水プールまで備えてる。しかも一年中、好きなときに使えるんだ。全寮制だけど届けさえ出せば月二回は外出できるし、静岡は新幹線使えば意外と近いだろ？　この学校だったらそんなに心配かけないと思う」

滅多に帰らないつもりだけど――と内心思いながら、慈雨は少し前のめりになる。

可畏はむずかしい顔をしていたが、潤のほうはあと一押しで懐柔できそうに見えた。

「まだ十四歳なんだし、なにも高校から行かなくても。一人暮らしとか寮生活がしたいなら、大学から外の学校に行けばよくない？」

「潤のいう通りだ。せめて大学まで待て」

「もうすぐ十五だし、大学からじゃ遅いよ。人間じゃないってこと、絶対バレないようにする。人間の……他人しかいない環境の中で、上手《うま》くやっていけるかどうか試してみたいんだ」

　人間じゃないけれど、真っ当な人間になりたい——それがなによりの目的に見せかけるため、慈雨は揺るぎない目で両親に訴える。

　円満な家庭を守るためだと思えば、罪悪感なんて少しもなかった。

　隣では倖がびっくりして固まっているのがわかったが、気づいていない振りをする。

「慈雨くん、嘘《うそ》だよね？」といわれて振り向くものの、あまり目を合わせないようにした。

「嘘じゃない。本当に行きたいんだ」

「慈雨くんが行くなら僕も行く」

「倖ちゃん……」

「僕もその学校に通うよ。慈雨くんと寮生活する」

　思いがけない倖の言葉に、慈雨の胸はずきずきと痛くなる。

　そんなふうにいってくれる倖が好きで、このままさらって行きたいくらいだった。

「慈雨くんと離れるなんて考えられない。絶対いやだよ」

「俺もやだけどさ、離れるからこそ成長できる気がするし、倖ちゃんにとってもいいことだと思うんだよな」

「なにが、なにがいいの？　なにもよくないよ」

「俺たちほら、双子だから……言葉にせずに済んじゃうとこあるじゃん？」

「そうかな？」

「そうだよ」

最近は子供の頃のようになんでもわかり合えるわけではなく、慈雨に至ってはわかられたら困る感情を持ち合わせていたが、さも隠し事などないように、「倖ちゃんは俺のことなんでもわかってるだろ？」とあえて訊く。

倖は少し考えるものの、「うん、そうかな？」と流されてくれた。

素直で可愛い倖を、今すぐ抱き締めたいほど愛《いと》しく思う。

単なるハグで済むなら……ただ想っていられるだけなら、このままでもいいのだ。

けれども実際は心だけでは済まないから、しかたがない。

「ねえ慈雨、ここってミッションスクールみたいだけど、それは問題ないの？　キリスト教の信者じゃなくていいのかな？」

「異教徒でも無神論者でも全然問題ないって」

「問い合わせたんだ？」

「うん、訊きたいことといろいろあったんでメールしたり電話したり、何回も問い合わせてみた。洗礼を受けてる生徒は一割以下だって」

「え、そんなに少ないものなんだ？」

「うん、思ったより少なかった」

慈雨が潤の質問に答えている間も、可畏は不満げに顔をしかめていた。

パンフレットには目もくれず、論外といわんばかりだ。

ようやく口を開いたかと思うと、「どうしてもというならその学校を買収しよう」と突飛なことをいってくる。

「パパ……」

「竜人の教職員と生徒を送り込んで、お前の正体がバレないよう脇を固める」

「可畏、それじゃ慈雨のためにならないんじゃ」

「そうだよ、そういうんじゃなくて……俺のこと誰も知らないからいいんだって。王子様だの御曹司だのいわれずに、普通に学校生活を送りたい。俺はちゃんとやれるから」

竜泉学院や家から出たい本当の理由を隠しながら、慈雨は説得を試みる。

人間の中で上手くやっていきたいだの、成長したいだのというのは適当に作った理由だが、嘘をついているわけではなかった。

そういう気持ちも本当にある。

「──聖ラファエル学園か……とりあえず調べてはみるが、俺は反対だ。いくらなんでも高校からでは早すぎる」

「早くないって。パパなんて十五歳でアジア制覇したんだろ？　俺は誰と戦うわけでもなく、寮生活して高校に通うだけだぜ……それにさ、パパの跡を継ぐのは性格的に考えてミハイロが一番いいと思うし、俺が竜人界にどっぷり浸《つ》かる必要ないじゃん？」

諸事情あって、一ヵ月のうち約四分の三をロシアで暮らしているもう一人の弟ミハイロ——日本名、竜嵜美路《みろ》の名前を出すと、可畏は怒ったように片眉を吊《つ》り上げた。

「跡継ぎが誰かなんてことは考えてない。お前たちに苦労をかけないよう俺が長く統治すれば済むことだ」

「そうはいってもやっぱりミハイロが一番合ってると思うし、俺は別の道を見つけたいんだ。だからほんと、自分探しのためにもさ、他の学校に行きたいんだよ」

かたくなに反対する可畏に向かって、慈雨は祈りのポーズを取る。

ミッションスクールで神様やキリストに祈るように手を合わせ、「お願いします」と、一見おそろしい魔王のような見た目の父親に頼み込んだ。

「そうはいっても、さみしいからいやだよ」と潤がいう。

倖も、「うん、さみしいからやだ」と泣きそうな顔をする。

可畏は潤と倖に甘いので、この二人を説得するのが先だった。

《二》

ロシアを除く地上制覇を果たした竜王で、日本有数の企業グループ竜嵜グループの総帥でもある可畏と、モデルとフードコーディネーターとして活躍する沢木潤の間に生まれた長男――竜嵜慈雨は、何者でもない人間として聖ラファエル学園に入学することになった。

中学校の卒業式が終わると早々と家を出る支度をして、「なにもそんなに急がなくても」と家族に引き留められて四月までは待ったが、慈雨には急ぐ理由があった。

第二次性徴を迎えて性的に目覚めてしまった体はいつ暴走するかわからない状態で、安易に倖の近くに置いておけなかったのだ。

淫夢に落ちていたり、妄想に耽《ふけ》ったりしている最中に、倖が「一緒に寝てもいい？」なんて可愛くいってきたら、とても突っぱねられない。

いつの間にかベッドに入っていることも多く、いやとはいえない慈雨には拷問のようだった。

夢と現実が曖昧になり、妄想ではなく本当に倖を押し倒してしまうかもしれないし、そこで正気に戻れなければ決定的な過ちを犯しかねない。

取り返しのつかない事態になる前にと出発を急ぐ慈雨だったが、自宅ですごす最後の夜に、倖が部屋にやってきた。

「明日のお昼に出発するんだよね？」

パジャマ姿の倖に、慈雨は「うん」としか返せなかった。

最後の夜だから……と一緒に寝たがるんじゃないかと、予感はあった。

そうなったら困ると思う一方で、倖と一緒に寝たい気持ちも確かにあって……信用ならない自制心に問いかける。

今夜一晩耐えられるか、ちゃんと兄弟でいられるか、自分の心に何度も問いかけた。

自信満々の答えは返ってこなかったけれど、耐えるしかないことはわかっている。

性愛以前に弟が大好きだから、やっぱり、最後の夜くらい一緒にいたいと思う。

なにも好き好んで離れ離れになるわけじゃない。本当は逃げたくなんかない。

「一緒に寝る？」

「うん、いい？」

「いいに決まってるだろ」

薄暗い自室に倖を迎えると、心拍数が上がっていく。

ほんの半年前までは誰よりも安心できる存在だったのに、今は落ち着かない。

ただ好きでいられたらよかったのにと、つくづく思う。

恋心だの性欲だの、そんなものがなければ、ずっと一緒にいられた。

傷つける心配もなく、あまり似ていない双子の兄弟として、対《つい》でいられたのに――。

「慈雨くんのベッド、気持ちいいんだよね」

「ひんやりしてる？」

「ううん、ぬくくないなってくらい。僕ね、この温度がすごく好き」

「人間じゃないってこと、体温でバレないようにしないと」

「そこまで冷たいわけじゃないよ」

シルクのシーツの上で、倖がくすっと笑う。

やわらかな黒髪に手を伸ばしかけた慈雨は、すんでのところで手を引いた。

髪を梳《す》くくらい二人の間では普通のことなのに、今はもうできない。

以前のように、髪だけいじって終われる保証はないのだ。

「慈雨くん……明日、ほんとに行っちゃうの？」

ふわりと軽い羽毛布団をかけながら、倖が見つめてくる。

琥珀色《こはくいろ》の目がうるんでいて、そらしたくてもそらせなかった。

見つめ合うのは危険だとわかっているのに、囚《とら》われて逃げられない。

「うん、明日……行くよ。入学式までに寮生活に慣れたいし」

「そっか、そうだよね……ごめん、僕……ほんとは引き留めにきたんだ」

「うん……」

倖ちゃんが望むなら、いつまでだって一緒にいたい——そう思うけれど、もう一緒にはいられない。今もあちこちさわりたくて、こらえるのがやっとだ。

「聖ラファエルではさ、一年生と二年生がルームメイトになるんだって。先輩と同じ部屋とか緊張するよな」

「二人部屋ってこと？」

「うん」

「いい先輩だといいね」

「ハズレだったらつらいよな」

慈雨が笑うと、倖は「そのときは帰っておいでよ」という。

いい先輩だといいねといっておきながら、いっそハズレであってほしいと願っているような顔をしていた。

人の不運を願うなんて倖らしくないが、それくらい引き留めたいんだろうなと思うと、胸がきゅんとする。

「元々はラグジュアリーホテルだった建物が寮になってて、全室スイートルームでオーシャンフロントなんだ。どの部屋からも富士山《ふじさん》が見えるんだぜ。そんな豪華なのに各部屋のトイレやバスルームは使用不可になってるらしい。すごいのかすごくないのかわかんないよな」

「富士山や海が見えるのはいいね。でもお風呂は？　大浴場があるってこと？」

「そうそう、さらに露天風呂もあり。いいだろ？」

「でも知らない人と一緒にお風呂とか、恥ずかしいな」

「倖ちゃんはそういうの駄目だよ、衛生的にもあり得ない」

「慈雨くんは……ああ、水の中の汚れとか寄せつけないもんね」

「うん、水でもお湯でも操れるから平気。俺の能力は意外と大衆向きだな」

「そっか、慈雨くんは海水さえ近くにあれば、どんな環境でも上手くやっていけるんだろうね。僕は独り残されてほんとにさみしいけど……」

「ミハイロが月に七日は帰ってくるわけだし、大丈夫だよ」

「美路くんは美路くん、慈雨くんは慈雨くんだよ。両方いないとやっぱりさみしい」

ロシアで暮らしているもう一人の弟ミハイロが、月に七日しか一緒に暮らせないこともあり、可畏はもちろん潤も倖も、みんなが慈雨の進路に反対していた。

それでもしぶしぶ許してくれたのは、慈雨が必死かつ執拗《しつよう》に説得したからだ。

人間として真っ当になるために外の世界へ出てみたい――という意志は尊重されて然《しか》るべきものなので、最終的には慈雨の粘り勝ちだった。

「たまには帰ってくるし、手紙も書くから」

「スマホからじゃなくて、手紙？　スマホ禁止の学校？」

「そうだよ、今はだいたいどこもスマホ禁止。そういう時代だから」

「そっか、脳に悪いっていうもんね。じゃあ手紙……僕宛ての手紙、ずっと待ってるから」

「同室の先輩がアタリかハズレか、まずはその件だな」

「パパやママや美路くんにも、手紙書いてあげてね」

「手紙は倖ちゃんだけ。あとはハガキ」と笑った慈雨は、倖の手を握る。

他のところに触れないためには手の置き場をはっきりと決めてしまうほうがいいので、指を交差させて簡単に外れないようにした。

「倖ちゃん、パパやママのこと、よろしくな」

「うん……」

倖は枕に顔をうずめながら、ぐすりと泣く。

抱き締めたくてしかたがなかった。そして額にキスしたい。

それくらいならしてもいいはずなのに……半年くらい前までは自然にできていたことなのに、今はどちらもできなくなっていた。


翌日、慈雨は初めて一人で新幹線に乗り、静岡の三島《みしま》駅に降り立った。

そこから在来線で沼津《ぬまづ》駅まで行き、三十分ほどバスに乗って恋島《こいじま》公園で降りる。

これで陸の旅は終わりだ。

あとは恋島行きの小型船に乗って、聖ラファエル学園に向かう。

かつては小さな無人島だった恋島は、今は学校の名前と共によく知られていた。

私立聖ラファエル学園は中等部と高等部しかない男子校だが、一流大学へ進む生徒が多く、進学校として名を馳《は》せている。

港から学園所有の船に乗った慈雨は、船尾の椅子に座り、船跡を見下ろしていた。

下や後ろばかり見ていたことをたしなめるように、空から鳥の鳴き声がする。

恋島は野鳥の宝庫と聞いていたが、早速お出ましのようだった。

鳴いた鳥のほうは種類がわからないものの、さらに上を飛ぶ大きな鳥はなんとなくわかる。

トビかハヤブサのどちらかだろう。孤高の雰囲気で悠然と飛んでいた。

図鑑がないと判別できない自分とは違って、倖ちゃんだったらすぐわかるんだろうな……と、置いてきた弟のことを思った。

倖は飛行能力を持っているので、鳥や天気のことにくわしいのだ。

「あ、クロメジナ」

一方で魚に関する知識はそれなりにある慈雨は、優れた動体視力で魚を見分ける。

海は濃い青で、それほど透明度は高くなかった。けれども非常に深いのが好ましい。

人目を忍んで素潜りをすることを思うと、気持ちが自然と前向きになった。

――見えてきた……あれが聖ラファエル学園……の、恋島寮……。

陸からは自然物しか見えなかったが、島の西側に船が回ると建物が見えてくる。

ピラミッドの形をした緑の島の一部が、すとんと切り落とされ、そこに白亜の建造物を嵌《は》め込んでいるように見えた。

元々はホテルで全室オーシャンフロントだと知ってはいたが、実際に見ると本当に海が近く、各部屋のバルコニーから海に飛び込めそうに見える。

――海水プールとか行くまでもなく、部屋からそのままドボンできるかも。いや、さすがに浅いか？

船は浅瀬を避けて富士山側に大きく回り込み、恋島に迫っていく。

最初に見えた建物は寮だったが、近づくと校舎も見えてきた。

バブル期に建てられたホテルを再利用している寮と比べると、校舎はあとになって作られた新しいもので、綺麗なクリーム色をしていた。

寮と似た意匠になっていて、どちらも南仏を思わせる。

――写真で見たより古い感じするけど、寮も校舎もちょっといいかも。これだけ海が近いとテンション上がるし、倖ちゃんのことばっか考えずにすごせそう。

船の船首につけられたタイヤが、港にぐっと押し当てられて船が停《と》まる。

それでもなお揺れ続ける小型船の中を歩きながら、慈雨は荷物を持つ手に力を入れた。

竜泉学院以外の学校に通うなんて考えられない状況から、粘り勝ちでここまで来たのだ。

新しい環境のことで頭をいっぱいにして、倖のことを少しだけ忘れたい。

不毛な恋をどうにかあきらめ、いい兄やいい息子のままでいたい。

「ようこそ聖ラファエルへ」

建物ばかり見ていた慈雨は、港に迎えがいることに遅れて気づく。

声をかけてきたのは、どことなくライオンを彷彿《ほうふつ》とさせる大柄な生徒だった。

染髪や脱色は校則で禁止されているので地毛なのだろうが、かなり明るめの茶髪だ。

髪はショートだが少し長めで、カチューシャをしていた。そんな髪型のせいでライオン的に見えるのかもしれない……が、眉間から高い大きめの鼻も影響している。

白ジャージの下のネームタグには、笠原《かさはら》と書いてあった。

その横には黒いラインが五本走っている。

つまり五年生——高等部の二年生ということだ。

「新寮監の笠原だ、よろしく」

「どうも、初めまして……ええと、四年生の竜嵜慈雨です」

つい一年生といいそうになった慈雨は、気をつけて四年生といった。

この学校での一年生は中学一年生を指し、高校生は四年生から始まる。

相手はうんうんとうなずきながら、船から降りる慈雨の背中にそっと手を回した。

「すごい美少年でびっくりだな、金髪碧眼だとは噂《うわさ》に聞いてたけど」

「ああ、どうも……アメリカの血が入ってて」

「そうなんだ、アメリカのどの辺？」

「ハワイです。父方の祖父が」

「ハワイか、いいなぁ」

慈雨は金髪碧眼というだけではなく、肌の色も特徴的なので、日本人に見られることはまずなかった。母親の潤いわく、「ミルク多めのロイヤルミルクティーの色」らしい肌が髪や目の色を引き立て、実にエキゾチックな美少年だ。

自分が極めて美しいことは、事実としてよく認識している。

美少年だといわれても謙遜しない慈雨だったが、笠原はまったく気にしていないようだった。

性格の悪い相手だと、慈雨の返しに苦笑したり、おどろいたり、他の誰かと顔を見合わせてみたりするものだが、彼は変わらずにこやかに対応してくれた。

毎朝髭《ひげ》を剃っていそうな男っぽい見た目だが、体臭はきつくないし、この人がルームメイトならとりあえずアタリかも――と思っていると、「まずはルームメイトを紹介しないとな」といわれる。

安心するのはまだ早いようだった。

「笠原さんがルームメイトなのかと思いました」

「いやぁ違うんだよ。君と同室なのは副寮監の一人で、是永《これなが》っていうんだ。俺は他の転校生と一緒」

「……他の転校生？」

「ああ、ごめん。うちは中高一貫教育だろ？　高校から入ってくる生徒はほとんどいないんで、新入生っていうより転校生って扱いなんだ。今年は君の他に二人いて、例年より多いかな」

「そうなんですか、転校生……まあ、そんな感じですよね」

「で、その転校生三人と同室なのは、寮監の俺……笠原と、副寮監の二人ってわけ。副寮監は是永と村上《むらかみ》って二人なんで、憶えておいて」

「是永さんと村上さん……憶えました」

「中学から一緒の奴《やつ》ばかりなんで最初は戸惑うかもしれないけど、君は上手くやっていけそう。あ、竜嵜って呼んでいい？　基本的に下級生は呼び捨てなんで」

「いいですよ、ここのルールに従います」

少し生意気ないい方だったかなと思った慈雨に、笠原は「よろしくな、竜嵜」と笑う。港から寮のエントランスに向かって歩きながら、「ところで竜嵜って苗字《みょうじ》カッコイイよな。竜嵜グループの竜嵜と一緒じゃん」といわれた。

探るような質問に思えたので、慈雨は「全然関係ないです、うち普通の一般家庭なんで」と、あらかじめ用意してきた嘘をつく。

それなりの経済力がないと聖ラファエル学園に通うのはむずかしいが、あくまでもよくある中流家庭で育ったことにしておきたかった。

日本有数の企業グループ総帥の長男だと知られたら、竜泉学院を出た意味が半分くらいなくなってしまう。

「家も狭いし、この学校にギリギリ通えるくらいなんです」

「そうなんだ？　それなら奨学生って手もあったんじゃないか？　成績優秀だって話だし」

「そこまでじゃないです、家も成績も至って普通です」

ことさら強調した慈雨は、こういった質問は他の生徒からも向けられるんだろうな……と、覚悟した。

しかしどう問われても返せるようにしてある。

身分を誤魔化すために、住民票も潤の実家に移してあった。

ネットで住所を検索されても、ほどほどの家が出てくるだけなので問題ない。

笠原はしつこく訊いてくることはなく、「荷物少なめだな」と慈雨の手元を見ていった。

他にも「四月とは思えない冷え込みだな、寒かっただろ？」といってきて、転校生の緊張をほぐそうとしているようだった。悪い人物ではなさそうだ。

ルームメイトではなかったものの、寮監としてはとりあえずアタリだろう。

「是永にはロビーに来るようにいってあるから、このあと部屋まで案内してもらって」

「はい」といいながら寮の玄関扉を自分で開けると、吹き抜けの大空間が広がっていた。

さすが、バブル期に建てられたラグジュアリーホテルだけのことはある。

大理石の階段や噴水、南仏風のソファーや椅子が配されたロビーは、学校の寮にはまったく見えなかった。建物自体は古いはずだが、シャンデリアや上質な調度品はきらめくばかりで、まるで現役のホテルのようだ。

「あ、ルカ」

誰もいないと思ったロビーに、独りたたずむ人がいた。

噴水の水柱の向こうから、つかつかとこちらに向かって歩いてくる。

白いシャツに白い学ランという、聖ラファエル高等部の制服を着た黒髪の生徒だった。

背が高い。まずそう思った。父親の可畏ほどではないが、一八五センチくらいはありそうだ。

慈雨は一六五センチなので、おそらく二十センチほど差がある。

長身というだけではなく、顔が小さく脚が長く、素晴らしくスタイルがよかった。

「初めまして、副寮監の是永ルカです」

そう名乗る声の異様なまでの美しい響きに、一瞬、うわ……と引いてしまう。

とびきり美しい両親と弟を持ち、自らも美しいと自覚している慈雨だったが……だからこそ、血族以外のとんでもない美形や、異次元の美声に出会うとびっくりする。

——な、なんだこの人？　モデル？　超……大アタリ？

是永ルカは、一般人でこんな綺麗な人がいるのか……と、おどろくばかりの美形だった。

もし今「芸能活動をしてるんだ」といわれたら、「ですよね」と力いっぱい返しただろう。

ラグジュアリーなロビーが似合いすぎて、映画のワンシーンでも観《み》ているようだ。

しかも、艶々の白い歯を見せてにっこりとほほ笑む顔が優しい。

濃く長い睫毛《まつげ》が印象的な華やかな二重の目と、ふっくらとした涙袋が三日月形に細まって、背が高くても威圧感を覚えさせないキュートな美男だ。

顔面国宝というパワーワードが頭に浮かんだ。

「初めまして……竜嵜慈雨です」

「竜嵜、彼が副寮監の一人で、お前のルームメイト。ほほ笑みの貴公子なんていわれてるんだ。キラキラしてるっていうか、イケメンすぎてびっくりしただろ?」

「はい、びっくりしました」と慈雨が正直に答えると、笠原はどこか自慢げに胸を張る。

「聖ラファエルの王子様ともいわれてるんだぜ。他にもいろいろ二つ名があって」と、本当に誇らしげだった。

「笠原やめてくれ、恥ずかしい」

そういって複雑な顔をした是永ルカは、美形だといわれ慣れているだろうに……当たり前のような顔はせず、言葉通り恥ずかしそうに謙遜している。

人当たりがよく、やはり可愛くも見える男だった。

美形は美形でも、慈雨がこれまで出会った美形とは種類が違う。

タイプ的にもっとも近そうなのは倖だが、倖が砂糖菓子で出来たベビーのエンジェルなら、この人は白薔薇《しろばら》と真珠で出来た大天使のようだと思った。

「是永先輩……あの、同じ部屋なんでよろしくお願いします」

「こちらこそよろしく。あ、是永ってちょっといいにくいだろ？　みんなルカって呼ぶから、よかったら名前のほうで」

「ルカ先輩？」

「うん。俺は……慈雨って呼んでもいい？」

そう問う声が甘くて、「はい」と即答せずにはいられなかった。

この人に「……していい？」と訊かれたら、なんでも許してしまいそうだ。

そういう、人の思考能力をおかしくさせるほどの美形に出会うとは思っていなかったので、慈雨は今もまだ引き気味で、ある種の警戒をしていた。

「ルカ、竜嵜を部屋に連れていって、寮の案内をしてくれ」

「ああ」と返事をする声も顔も柔和で、笑顔が絶えることがない。

これは確かに、ほほ笑みの貴公子と呼びたくなる——と妙に納得していると、「あ……」と、なぜか声を漏らされた。

「……？」

噴水が等間隔の水音を立てるロビーで、ルカの表情と体が不自然に固まっている。

じいっと顔を見られている気がしたが、視線が合っていなかった。

彼が見ているのは、慈雨の肩、そして背後だ。

それはまるで、竜人が背負う恐竜の影を確認しているような、奇妙な視線だった。

——なんだ？　俺は恐竜の影を持ってないのに……。

そもそも普通の人間に恐竜の影が見えるわけもなく、慈雨は不審に思う。

念のためルカの背後を注視してみたが、やはり恐竜の影は見えなかった。

つまりルカは人間だということだ。

なりそこないといわれる種の、隠れ竜人……という可能性もあるにはあるが、そうだったらこんなに露骨に人の背後を見ないだろう。

「あの、どうかしましたか？」

「あ、ごめん……ちょっと、なんというか……すごく綺麗な子だなって思って」

いや、見てたの顔じゃないだろ——と突っ込みたくなった慈雨は、なんとなく気持ちが悪くなって肩を掻《か》く。

竜泉学院にいた頃は、王子様扱いされながらも内心では、「恐竜の影を持たない、なりそこないのくせに……」という目で見られているのをわかっていたので、背後になにもないことを確認されるのは不快な行為だった。

親からは、「恐竜に変容できなくても影がなくても、慈雨たちはすごいんだよ」と自尊心を持てるよう育てられたが、本音をいえば父親のように恐竜の影が欲しかった。

可畏はいつも超進化型ティラノサウルス・レックスの影を背負っていて、とびきり強そうで恰好《かっこう》いいのだ。

父親への尊敬や憧れがあればこそ、自分もなにかしらの恐竜でありたかった。

優れた異能力を持っていても竜人として重要な部分が欠けている気がして、どうしてもコンプレックスがつきまとう。

「部屋は最上階で、十階なんだ。エレベーターホールは向こうに」

ふたたびほほ笑みを取り戻したルカは、笠原に「じゃあ」といって別れる。

慈雨は笠原に一礼し、どうにか気を取り直した。

背後を確認されたくらいで文句はいえないので、黙ってルカのあとをついて行く。

いかにもホテルといった風情のエレベーターホールには、四基のエレベーターがあった。

ルカが上に向かうボタンを押すと、金装飾を施された扉がすぐに開く。

「荷物、重くない？　持とうか？」

「いえ大丈夫です。先輩にそんなことさせられません」

背が低いからってなめないでください。人間の貴方《あなた》より腕力も体力も優れてますから――と目で答えつつ、慈雨はバッグの持ち手をぎゅっと握り直す。

生意気だったかなとも感じが悪かったかなとも思ったが、警戒が解けていないのでしかたがなかった。

「最上階は最上級生なのかと思ってました」

「ああ、普通はそうなんだろうね。でもうちの寮は元々がホテルなんで、上の階ほど広いんだ。六年生は受験勉強に集中できるよう一人部屋だから、ちょっと狭めの低層階にいる。一年から三年までは中間にいて、四年と五年が上のほう。見晴らしも最高だよ」

俺は高一だから四年生なんだよな……と再確認した慈雨は、ルカと一緒に十階で降りる。

エレベーターホールに背を向けて右へ進み、さらに左へ進んでいった。

ルカは一〇一三と彫られた金色のプレートの前で足を止める。

そこには表札もついていて、今はルカの分の名前だけがあった。

「慈雨の表札は、始業式までには取りつけられる予定だから」

「はい」

ルカはカードキーを二枚取りだし、そのうち一枚を慈雨に差しだす。

「これがキーで、俺たちの部屋は一〇一三号。いい数字じゃないけど部屋はいいから、あまり気にしないように」

「いい数字じゃない……って？　ああ、十三だからですか？」

「うん」とルカは答え、カードキーを差してドアを開ける。

十三だからなんだっていうんだと慈雨は思ったが、よく考えたらカトリック系のミッションスクールの寮なのだ。自分にはない感覚だと思った。

「わ、ほんとにスイートルームだ」

「あ、ちょっと待って。一応ここで靴を履き替えることになってるんだ。室内用の靴は持ってきた？　スリッパでもいいけど」

「室内用のスニーカーとスリッパですよね、どっちも持ってきました」

慈雨は急いでバッグを開けると、入り口付近で白いスニーカーに履き替えた。

シンプルなデザインで紐《ひも》も白と決められているため、指定通りの物を用意してある。なにかときびしいところのある学校なので、スリッパも黒か紺か茶と決まっていて、装飾はワンポイント程度と細かく決められていた。

「明確な玄関はないけど、この辺りで靴を履き替えるルールで……脱いだ靴はここに置いて」

「はい」

「左手がベッドルームで正面が勉強部屋。左が俺の机で、慈雨の机は右。ベッドは奥が先輩で手前が後輩って決まってるんで、そんな感じでよろしく」

ルカは部屋の説明をざっくりすると、寝室と勉強部屋の間にあるドアを開ける。

中にはトイレと洗面台とバスルームがあり、電気を点《つ》けなくても明るかった。

バスタブの向こうに、富士山と海が見える出窓があるせいだ。

「ここは見ての通りバスルームなんだけど、水が来てないから使えないんだ。メンテナンスの関係で荷物を置くのも禁止されてるんで、基本的に立ち入らないこと。トイレや洗面は各階にある共有のものを使う。入浴は二階の大浴場と露天風呂で」

「手を洗うこともできないんですね、せっかくあるのに」

「ホテルだったときの名残であるにはあるけど、生徒に使わせると掃除やメンテナンスが大変なんだよ。みんながみんな、きちんと掃除できるわけじゃないから」

「そっか、確かにそうですよね」

「水回りの掃除はこまめにしないと駄目だしね。部屋では電気ポットの利用は許されてるから、洗面所にある浄水器の水を汲《く》んできてお茶を淹《い》れることができるんだ。冷蔵庫もあるから水はいつでも飲めるし、そんなに不自由しないよ」

「はい……」と適当に返事をしながら、慈雨は面倒くさいなと心底思う。

部屋のバスルームが使用禁止なのはあらかじめわかってはいたものの、水がそばにない生活などしたことがなかったので、異様に不便に感じた。

「慣れれば大丈夫だよ。業者さんが入ってるから掃除はしなくて済むし」

慈雨は「はい」と答えつつ、興味の向くまま窓に向かう。

大きなガラスは透明感があり、ぴかぴかに磨かれていた。

今は太陽が真上にあるので、ほどよい光が射し込んでいる。

右手に富士山が見える最高の眺望に、思わず口元がゆるんだ。

「毎朝富士山を拝めるなんて、すごいですね……なんか贅沢《ぜいたく》だ」

「雲に隠れてることも多いけど、今日はよく見えるね。慈雨を歓迎してるのかも」

「はは……」

そんな天使のようなほほ笑みでくっさいことというのやめてください——といいたくなるほど、ルカの笑顔は輝きに満ちていた。

見た目通りの善人なのかもしれないが、完璧に美しすぎてどこかあやしく思えてしまう。うさんくさいといったらいいすぎだろうが、こんなに綺麗な顔をして、芸能人でもないのにやたら笑顔でいることに違和感があった。

この人なら黙ってつんとしていても人が寄ってくるだろうし、ニコニコしている必要がない気がするのだ。

不必要な愛想には、たくらみのようなものを感じてしまう。

弟の倖はなんのたくらみもなく誰にでもニコニコしているが、それは倖の魂が天使レベルに清く美しいからで……そんな人間は他にいないと思っていた。

「次は共有スペースを案内するよ。荷物を置いて、もう一度靴を履いて」

ルカのことをいぶかしみながらも、慈雨は「はい」とだけ返事をする。

白いスニーカーを脱いで学校指定のローファーに履き替え、部屋をあとにした。

十階にあるトイレや洗面所、非常口などを見てから、ふたたびエレベーターに乗る。

フロアを示すボタンの横には施設内容が書かれたプレートがあり、プールが二階にあるのがわかった。

ルカは二階のボタンを押し、「ここに書いてある通り、大浴場とプールの出入り口は二階にあるんだ」と説明する。

「大浴場は二階なんだけど、プールは実際には一階にあって、階段を下りていけばわかるから。温水プールと屋外の海水プールがあるけど……当然屋外のほうは真夏しか泳げない」

「――でも、泳いじゃいけないわけじゃないんですよね？」

「うん、一年中使えるけど、命にかかわるよ」

「はは……ですよね」

「まあ、春先から泳ぐつわものもいるにはいるかな……唇が紫になってたりするんだ、かなり心配になるよ」

「あはは……気をつけます」

そうはいっても海水プールを使いたい慈雨は、なるべく人に見られないようにしようと肝に銘じる。

人間じゃない者がいる――なんて誰も本気で思っていないので疑われることもないだろうが、超人的なところは見せないほうが利口だ。

「あとはどこを案内したらいいんだろ？　元ホテルなんでジムもあるし、あと島を一周できる遊歩道なんかもあるよ。早朝のランニングによく使われてるんだ。あ……それよりランドリールームに行こうか、大事だし」

「学校案内の写真では見ました。コインランドリーみたいな感じですよね？」

「そうそう、コインランドリー使ったことある？」

「ないです。でも知識としては知ってます」

「俺も使ったことなくて、最初は戸惑ったよ。元々は駐輪場だったところを改装してあって、学年ごとに分かれてるんだ。洗濯機がずらっと並んでるんだけど混んでるときも結構あって、やっと順番が来るのが夜中だったり……たまにある」

「えっ、大変なんですね」

「うん、他の設備はともかく洗濯機と乾燥機はね、ちょっと足りてない」

そういって困ったように笑うルカに、慈雨はいつの間にか笑い返していた。

警戒はしつつも、つい釣られてしまう。

甘くて綺麗で、それでいてどこか可愛い微笑を向けられると、どうしたってこちらも笑顔になってしまうのだ。

「食事は一階で、ビュッフェスタイルで和食と洋食、たまに中華やエスニックもあったりする。中学生とは一時間ずれてるけど、それでも混むから気をつけて」

「それは……混みそうですね」

「ただし寮内は走らない。走るとブラザーや寮監に止められて最後にされるから。いいものが残ってなかったりするんだ」

「気をつけます」

「ちなみに学校がある日の昼食はお弁当屋さんが来るから、校舎で食べる決まりなんだ。もし足りなければ校舎一階のカフェテリアでパンやおにぎりを購入できる」

「パンやおにぎり」

「うん、あと飲み物やお菓子もカフェテリアで買えるよ」

そういって地下にあるランドリールームや一階にある食堂を案内してくれるルカに、慈雨は気を許しそうになったり警戒したり、ゆらゆらと心揺さぶられる。

ルカの体からは上質な花の香りがして、それが彼のほほ笑みにぴたりと合っているせいか、時々白薔薇の幻影が見える気がした。

——大アタリ……なのかな？　倖ちゃんに上手く説明できる気がしない……。

見た目は最高、顔面国宝。声も上等。ただし愛想がよすぎて、なんだかあやしい。ちょっと信用できない感じがする——そう書いても、きっと伝わらないだろうなと思った。

今すぐここに倖を呼び、実物を見せて同意を得たい気分だ。

ついでに潤と可畏とミハイロも呼んで、みんなの意見を聞いてみたい。

もっとも倖は優しい目で人を見ているし、自分自身が誰にでも愛想がいいので、「慈雨くん考えすぎだよ。見た目通りのいい先輩に見えるよ」と笑うだけかもしれないが――。

倖はそうだとして、他の三人はなんというだろうか。

警戒心の強い可畏なら、なにかしっくりくる意見をいってくれるかもしれない。

「寮に関してはだいたいこんなところかな。学校案内は始業式のあとで、学級委員が対応してくれるから大丈夫。ミッションスクールなんでミサとか頻繁にあるし、最低限憶えなきゃならない祈りや聖歌があるから、あとで教えるよ」

「はい、よろしくお願いします」

この人は洗礼を受けている一割以下の生徒に入ってるんだろうか……と気になった慈雨は、訊いてみようかと思いながらも一旦やめる。

宗教や政治に関して迂闊《うかつ》なことを口にするとトラブルになるので、話題にしてはいけないと潤から教えられたことを思いだした。とはいえここはミッションスクールだ。信者なのかどうなのか、この場合は訊いてもいい気がする。

「ルカ先輩は信者なんですか？」

「うん、そうだよ。両親が信者で、物心つく前に洗礼を受けてたんだ。父親からもらった金のロザリオを、いつも身に着けてる。かといってそんなに熱心なほうでもないんだけど」

「あ……そっか、信者だからルカ？」

「そうそう、洗礼名も本名もルカ」

控えめにほほ笑むルカの言葉に、慈雨はまたゆらりと流されそうになる。

安直だが、クリスチャンだからいつもほほ笑んでいて、誰に対しても愛想がいいのかもしれないと思うと、警戒心が少し薄れた。

――ちょっとだけ納得したかも……この人の笑顔に深い意味はなくて、みんなにニコニコ、博愛主義者的な？　アガペーってやつか？

将来は神父様にでもなるんだろうか。熱心なほうじゃないというなら違うかもしれないが、もしなったら司祭服が似合いすぎだろ――と思っていると、一階のエレベーターホールで他の生徒に会う。

「あ、ルカさん……と転校生？」

声をかけてきたのは、メガネをかけた真面目そうな人物だった。

笠原やルカのように大柄ではなく、慈雨と同じくらいの身長でほっそりしている。

「ちょうどよかった、紹介するよ。四年の転校生で、竜嵜慈雨くん」

「初めまして、副寮監の村上です」

なぜか「ルカさん」と呼んだ彼は、白ジャージ姿の五年生だった。

つまりルカと同じ学年ということになる。とてもそうは見えない体格差があるが、先月まで高校一年生だったのだから、これくらいでも普通だろう。ルカや笠原が育ちすぎなのだ。

「竜寄慈雨です、よろしくお願いします」

ぺこりと頭を下げると、村上は「噂以上の美少年でびっくりしたよ」と目を細める。

並んでいるルカと慈雨を見比べて、「ルカさんだけでもすごいのに、キラキラしすぎて目が痛くなります」と苦笑した。

——ルカさん？　しかも敬語？

なぜだろうと思っていると、ルカが気づいた様子で口を開く。

「諸事情あって小学生の頃から一学年遅れてるんだ。だから同級生でも敬語を使ったり、さん付けで呼んだりする人がいて……そんなの気にしなくていいんだけど」

「王子様だし、なんか敬語になっちゃって」と村上が補足する。

王子様といわれたルカは、「やめろって」と、また恥ずかしそうにしていた。

「じゃあルカ先輩は……十七ってことですか？」

「そうそう、慈雨とは二つ違いになるな」

十七歳だとしても、やはり育ちすぎだろう——と思いつつ、慈雨はおおむね理解した。

寮監の笠原は同級生としてルカと接していたが、思い返すとどことなく敬っているような、そんな空気がなきにしもあらずだった気がする。

——王子様とか貴公子とか呼ばれてるくらいだし……一個上だし、同じ学年の人にとって、敬えるっていうか……自慢できる同級生なんだろうな、たぶん。

慈雨がルカの品のよい横顔に見惚《みと》れていると、村上が「次はどこを見にいくんですか?」と訊いてくる。

エレベーターのボタンを押してくれるつもりのようだった。

「もうだいたい見たから部屋に戻るよ」

ルカの答えに、村上は「じゃあ上」とボタンを押す。

「竜寄くん、今は寮監以外ほとんど帰省中だけど、来週にはみんな戻ってくるから。ゆっくり見て回れるのは今のうちだよ」

「はい……あ、それで寮監の人にしか会わなかったんですね?」

「そうそう、あまり帰省しない人間が寮監を押しつけられてるから」

はは……と苦い笑い方をした村上は、「じゃあまた」とルカに一礼してホールを去った。

いい残された言葉が引っかかり、慈雨はなにもいえずに口ごもる。

あまり帰省しない人間——という響きは、意味深で重たいものだった。

「それぞれ事情があったりなかったり、いろいろだから」

つぶやくルカは、こんなときまでにこやかで……どこか哀愁を含んだ表情は、孤高の王子のように見える。

「俺も、あまり帰省しない派になりそうです」

「そうなんだ?　いろいろと事情あり?」

「――ありですね」

「そっか……」

根掘り葉掘り訊きはしないルカは、「他に見たいところはない？」と一応確認してくれた。

「あとは独りで探索するから大丈夫です」と答えると、「いいね」とうなずく。

二人で十階にある部屋に戻ったあと、ルカはクローゼットや冷蔵庫の場所など、室内設備について少し説明してくれた。

休憩したり探索したりしているうちに日暮れが迫り、慈雨は屋外の海水プールに向かう。

部屋を出るときに持っていた水着をルカに見られ、「プールに行くの？」と訊かれたので、

「はい、屋内プールに」と咄嗟《とっさ》に嘘をついた。

四月の静岡で海に入るなどといったら、確実に止められただろう。

屋内プールも屋外プールも着替える場所は一緒だが、幸い誰もいなかった。

水着に着替えた慈雨は、本能の赴くまま、海水のあるほうに引き寄せられていく。

水棲竜人に限りなく近いハイブリッド種なので、毎日海水に浸かることは必須だった。

水道水でもある程度は役に立つが、やはり海水に浸からないと整わない。

西に向かう太陽と富士山を望むプールは潮の香りがして、慈雨にとっては恵みの水だった。

竜泉学院内の自宅では海から運ばれた海水に浸かっていたが、ここでは流動している生きた水に浸かれる。

自宅の大型水槽よりも遥《はる》かに広く、気持ちがよかった。

なにも考えなくても、体が伸び伸びと水を掻く。

指の先まで自由で満たされていく。

緊張していた心はほぐれ、いつもの自分を取り戻せた。

——帰省してた生徒が帰ってきたらどうなるかわからないけど、とりあえず今日会った人は親切そうで悪くない感じ。ルカ先輩はちょっとうさんくさいけど……まあ、とにかくこうして海水に浸かれるのは最高だし……うん、大丈夫。ここならやっていける。

浅いプールは物足りなかったが、慈雨はそれなりに満足して水面に顔を出す。

いつまでも沈んでいると事故かと思われたり、人間ではないことがバレたりしそうなので、顔を出すペースには気をつけた。

もし誰かに見られていても不自然ではないよう……あくまでも人間だといい張れるように、慎重に行動しなくてはならない。

人間の振りをすることは水棲竜人寄りの慈雨にとってはいささかむずかしいことだが、やり遂げなければならないのだ。

失敗したら、すぐに竜泉学院に戻されてしまう。

——倖ちゃんに手を出せない……ここは……俺にとって重要な逃げ場だから……絶対上手くやらないと。ルカ先輩とも同級生ともほどほど仲よくして、人間になりきる。

心地好《よ》い冷たさの海水を掻き、慈雨は決意を新たにする。

海の恵みを取り込みながら仰向《あおむ》けになり、そのままぷかぷかと浮いた。

円型のプールの際には小さな蟹《かに》がいて、目が合うと横歩きで音もなく逃げていく。

「——慈雨？」

自然に任せてたのしんでいた慈雨の耳に、あのいい声が飛び込んできた。

水の中で半回転して振り向くと、海水プールの出入り口にルカが立っている。

「先輩……」

「プールの使い方、大丈夫かなと思って……まさか屋外プールにいるとは思わなかった」

「ああ、はい……なんか、ちょっと見てみたらこっちのがいいなって思って……屋内プールで泳ぐつもりだったんですけど、変更したんです」

うろたえず冷静に対処する慈雨に、ルカは心配そうな顔で近づいてくる。

「今日なんて寒いのに……水、冷たいだろ？」

「寒さにはメチャクチャ強い体質なんで、全然余裕です」

「本当に？　見てるこっちが寒いよ」

「ほんとに平気です。唇、紫になってないでしょ？」

「確かにピンクだけど……」

面倒だなぁと思いながら、慈雨は「もう上がりますよ」とプールから出た。

水滴を飛ばして速乾で済ませることもできるが、人間らしく濡《ぬ》れたままにする。

ルームメイトが親切すぎると、なにかと干渉されて厄介かもしれないなとげんなりしつつ、ルカと一緒にシャワールームに向かった。

プールの利用方法を説明するために来たらしいルカは、「なかなかお湯にならないから気をつけて」と、やはり親切だ。

冷水を被《かぶ》っても問題ない慈雨の体質を知る由もなく、「本当は湯船で温まりたいよな?」と訊いてくる。

「大丈夫です。子供の頃から冷えに強くて」

「そうなんだ? それならいいけど、くれぐれも気をつけて」

「はい」と素直に返事をしながら、慈雨は水着のままシャワーを浴びた。

水が当たらない位置にしばらく黙って立っていたルカが、「このあと夕食だから、みんなで一緒に食べよう」と誘ってくる。

「みんなって、笠原さんと村上さんですか?」

「うん、その他にも何人か……長期休暇中はビュッフェが休みで、夕食も仕出し弁当なんだ。ちょっと味気ないから残ってるメンバーで集まって、なるべく一緒に食べることになってる。

もちろん強制じゃないけど、今日くらいはいいだろ？」

「わかりました、すぐ着替えます」

「じゃあ俺は先に食堂に行ってるから」

どうやら世話焼きらしいルカが去ったあと、慈雨はシャワーを止める。

周囲に誰もいないことを確認し、力を使って髪と体についた水分を弾《はじ》き飛ばした。

用意していたバスタオルを使うまでもなかったが、すでに乾いた髪にタオルを当てて、掻き回す仕草をする。

監視カメラなどがあるかもしれないので、人間らしい行動を取った。

──仕出し弁当ってなんだよ。ここ沼津なのに、新鮮な刺身とか食えないのかよ。

チッと舌打ちした慈雨は、「こらっ、舌打ちしない！」という潤の叱責を思いだす。

スパーンと尻を叩《たた》かれるのを、体がさっと覚悟した。

ああ……もう、叱ってくれるママも頼りになるパパも近くにいないんだなと思うと、早くも少しさみしくなる。

食事をする元レストランの食堂は一階のロビー横にあり、慈雨が想像していたよりも多くの生徒が集まっていた。

今夜はビュッフェではないので、弁当を受け取ってすぐ部屋に戻ってしまう生徒もいたが、食堂で食べる生徒も十数名いて、中には六年生や中学生の姿もあった。

比べると大人と子供ほども違う体格で、六年生は一様に大人っぽく見える。

慈雨はルカにうながされたこともあり、その場にいた上級生全員に挨拶をして回った。

大方予想していた通り、「竜嵜グループと関係あるの？」「ダブル？」「どこの中学？」「帰国子女？」と質問攻めにされたが、さほどしつこい生徒はおらず、特に不快ではなかった。

むしろ、美少年だの可愛いだの顔が小さいだのスタイルがいいだのと、竜泉学院でうるさいほどいわれてきたことを全方向からいわれ、そちらのほうがうざったく感じたくらいだ。

「部活はどこに入る予定？」

予想していなかった質問をしてきたのは、真面目メガネの副寮監、村上だった。

他の面々は割り箸を手に、慈雨の答えをじっと待つ。

「部活ですか……」

どう答えようか考えている間に、「サッカー部とかどう？」「水泳部においでよ」「演劇部に入ってほしいな」と誘われたが、どれも興味がなかった。

身体能力が高すぎるので、運動部は駄目だ。特に水泳部は問題外だ。

人魚のようにスイスイ泳げるのを隠さなくてはいけないため、常に手抜きが必要で面白くもなんともない。

「かけ持ち二つまでいいって聞いてるんで、軽音部とダンス部がいいかなと思ってます」

そう答えると、誘ってきた面々から残念そうな声が返ってくる。

この場に軽音部員とダンス部員はいないらしく、誰にも歓迎されなかった。

「楽器とかダンスが好きなの？」

正面の席に座っているルカに問われ、慈雨は「楽器はあんまり……なんですけど、踊ったり歌ったりは好きです」と答える。

まだ自分探しの最中だが、将来の夢の一つとしてアイドルという考えがなくもなかった。

さみしがりの面もあると自覚しているし、ちやほやされるのが嫌いなわけではないのだ。

自分の実力のみで持て囃《はや》される分には、それはきっと気持ちのいいことだと思っている。

「歌とかいかにも上手そう。いい声してるもんな」

ルカにそう褒められたが、お前がいうなと突っ込みたいくらいだった。

「ルカ先輩こそ、すごくいい声じゃないですか」と丁寧に返すと、ルカはまた恥ずかしそうな顔をする。「いやいや、全然」と謙遜する声も響きがいい。

「先輩は部活どこなんですか？」

「俺はバスケ部とアンゲルス」

「アンゲルス？」

「奉仕活動をする団体のことを、うちの学校ではアンゲルスっていうんだ」

慈愛に満ちた顔をするルカの隣で、寮監の笠原が「アンゲルスは、全校生徒強制参加の日もあるんだぜ」といってくる。

奉仕活動など頭の片隅にもなかった慈雨は、面倒くさいなぁと思う一方で、ブレないルカのイメージに感心した。

「どういうことやるんですか?」

「清掃活動とか募金集めとか……バザーの開催とか炊き出し、あと朗読のボランティアとか、いろいろあるよ」

ルカの説明に、慈雨は「あー」と声を出して納得する。

駅前でルカが募金箱を持って立っていたら、それはそれはがっぽりと集まりそうだ。

声がいいので朗読のボランティアもぴったりに思える。

「なんかすごいイメージ湧きました。お似合いですね」

「そうかな?」

「ほんと似合うよな。ルカには二つ名がいろいろあるっていっただろ? ほほ笑みの貴公子の他に、アンゲルスの王子様とかバスケの王子様とか呼ばれてるんだぜ」

笠原がそういうと、ルカは「誰も呼んでないから」と彼を肘でついた。

竜泉学院の食堂とは違い、自分以外の誰かが持ち上げられているのを見ながら食べるのが、慈雨にはやたら新鮮に思える。

雰囲気がいいと食事も美味しく感じるもので、刺身定食には劣る仕出し弁当の箱は、いつの間にか空になっていた。

ルカと十階の部屋に戻った慈雨は、「このあとジムに行かない？」と誘われる。

すでに腹は落ち着いていたので、流れで「はい」と即答してしまったが、よくよく考えたらジムは苦手な部類だ。

運動能力が高すぎるため、うっかり人間離れしたパワーを出さないよう、手加減しなければならない。もちろん弱すぎても不自然なので駄目だ。身長一六五センチのごく普通の高校生の力を念頭に置いて、マシンを慎重に扱う必要がある。

「ジムに行くときは、お風呂セットとパジャマを用意して行くと効率がいいよ」といわれ、慈雨はルカのいう通りにした。

シャンプー類とタオル、下着やパジャマをトートバッグに入れて二階のジムに持っていく。

ジムはそれほど広くはなかったが、元ラグジュアリーホテルのジムだけあって、壁全面が鏡張りになっていた。休憩用のソファーなどは洒落《しゃれ》たものが置いてある。

ただし雰囲気を台無しにする張り紙が多く、『二人でマシンを独占しない！』『次に使う人のことを考えて綺麗に使いましょう！』などと書いてあり、いかにも学校の施設らしかった。

「右側にあるのが有酸素トレーニングマシンで、左側が筋トレマシン。どれにする？　使い方わからないのがあったら、いってくれれば教えるから」

「あ、はい」

無難に「同じのにします」と答えようかと思った慈雨は、ルカが選ぶのが筋力トレーニングマシンだったらまずいなと思い、「フィットネスバイクにします」と答えた。

ストレングスマシンなどは慎重な力加減が必要になるが、ウォーキングマシンやバイク系の有酸素トレーニングマシンなら、人間レベルにパワーを抑えやすい。

竜泉学院で人間の振りを学んできたので、おおむね心配はないものの、慎重すぎるくらいが丁度いいと思っていた。

「じゃあ俺も」

ルカはフィットネスバイクに向かい、「食後はこれがいいよね」とサドルを叩く。

実際のところ食後に使うマシンとして人気があるようで、ほとんどが帰省している期間にもかかわらず、フィットネスバイクを使っている生徒は四人もいた。

ゴーゴーゴーと、静音設計らしいバイクが重めの音を立てている。

他にはウォーキングマシンが人気らしく、筋力トレーニングマシンのほうは空いていた。

慈雨は白いTシャツと白ジャージのパンツという恰好で、ルカと並んでペダルを漕《こ》ぐ。

負荷が平均的な設定であることをしっかりと確認して、人並みのペースを意識した。

——先輩と身長二十センチくらい違うし、筋肉量も違うから、ちょっと遅れるくらいがいい。ほんとはガンガン漕ぎたいけど、ゆるっとゆるっと……。

有酸素運動で脂肪を少しずつ燃焼させるフィットネスバイクを漕ぎながら、時折隣のルカと顔を見合わせる。

当たり前だが、普通は正面を向いて漕ぐものだ。

しかし視線を感じて横を向くと必ず目が合うので、ほぼ間違いなく……それもかなり頻繁に見られている実感があった。

——なんだろ、ルームメイトがどんな人間か気になって見てるだけならいいけど、ちょっと見すぎじゃないか？　変な意味で俺に見惚れてるとも思えないし……この人の場合、明らかに見惚れられる側なのに、なんなんだろ？

いやらしい視線というわけではなく、けれどもやけに見られているのは事実で……汗を流し始めた体がむず痒《がゆ》くなる。

つい力が入ってペースが速くなっているのを自覚した慈雨は、あわてて元に戻した。

汗を掻いているのはルカも同じで、こめかみから流れたしずくがフェイスラインをなぞる。顔が美しいと汗の粒まで美しく見え、その体液に……凡《およ》そ初めて会った人の汗とは思えない好感をいだいてしまった。

発光するような美肌を伝う汗は、光る綺麗なしずくとしか思えない。

——ここまでの美形って、ちょっと怖い。感覚を狂わせるっていうか、ただ隣にいるだけでぐんぐん距離を縮められる気がする。

すでに釣られて何度か笑ってしまっている慈雨は、これ以上釣られないよう気を引き締める。

そんな慈雨の気持ちを知ってか知らずか、ルカは隣からにこりと笑いかけてきた。

それなりに運動して汗だくだったが、やはりきららかで清潔な笑みだ。

「そろそろ終わりにして、お風呂行く?」

食事やジムに誘うときと同じように、軽いノリで誘われる。

フィットネスバイクを漕ぎながら、慈雨は上半身だけをぎくりと固まらせた。

お風呂セットを用意して——といわれた時点でなんとなくわかってはいたものの、どうやら本当に風呂まで一緒に行く気らしい。

幼い頃から人目を気にせず全裸でよく泳いでいた慈雨には、他人に裸を見せることにあまり抵抗がないのだが……他人の裸を見ることには少しばかり抵抗があった。

大浴場を使うことはもちろん承知していたものの、誘われるとすぐに「はい」とはいえない緊張感に襲われる。

「ふ、風呂も一緒に……ですか?」

「うん、このあとすぐ入りたいだろ? 使い方の説明もしなきゃだし」

なにか不都合でもあるのかな——と問いかけるようなニュアンスでいわれ、返事に困る。

二人ともほどよく汗を掻いていて、先にフィットネスバイクを使っていた面々も、「風呂だ、風呂ー」などといいながら連れ立って出ていったばかりだ。

お風呂セットも用意してあるのだし、このまま大浴場になだれ込むのが自然に思える。むしろ「風呂は別で」といって時間をずらすのは、はなはだ不自然な行為だった。

「そう、ですよね……はい」

他人と……それも、なんだかあやしい美形のこの人と、もう裸の付き合いをするのか……と思うと抵抗感があって背筋がぞわぞわしたが、どうしようもなかった。「自分はもうちょっと漕ぎます」とでもいってここに長居しようにも、「じゃあ俺も頑張ろう」といわれる気がして、逃げ場がない。

それに今日逃げたところで、明日になればまた誘われるかもしれないのだ。

慈雨はゴーゴーゴーゴーと音を立てながら回していたペダルを止め、「じゃあ……そろそろ行きましょうか」と気合いを入れる。

ルカもマシンを止め、「うん」とうれしそうに笑った。

お互いトートバッグを持ち、ジムと同じ二階にある大浴場に向かう。

他人の裸を見ることへの抵抗感は、実際その場に立ってみると、よりはっきりと自覚した。

つい先ほどまで食堂やジムにいた面々が、全裸で風呂に入っていたり体を洗っていたりすることに、慈雨はおどろきを隠せない。

そういうものだとわかってはいるものの、今日初めて会った人と裸を見せ合うのだ。

慈雨は家族以外と風呂に入ったことがなかったので、全裸祭りの大胆な光景に戸惑う。

黒を基調とした大浴場には、ペールトーンの裸が点々と散らばっていた。

カポーンと風呂らしい環境音が響く中、特にルカの裸に目が行ってしまい、自分と比べると圧倒的に白い肌にどきりとする。

——なんなんだ、この人。体までメチャクチャ綺麗だし、意外といい体してるし、チラッと見えたけど、顔に似合わずデカい気が……。

首から金のロザリオを下げているルカと並んで洗い場に座ると、もう片方の隣にいた生徒が振り向く。

食堂で演劇部に誘ってきた四年生だった。

彼は慈雨の股間をじっと見て、「やっぱ下の毛も金髪なんだな、すげー」と感心したようにいってくる。

「うん……あんまり生えてないけど」

「わざわざ脱毛する奴もいるし、薄いほうがいいって」

「……うん」

「俺なんか濃いからさ、そのうちツルツルにしたいんだよな」

「へ、へぇ」

そんな会話を同級生としている間に、ルカが髪を洗いだす。

バスケ部に所属しているだけあって、盛り上がった腕の筋肉が綺麗な流線を描いていた。

ジムで見たときも思ったが、腕に関していえばムキムキと表現してもいいくらいだ。

無駄な肉など少しもついていない体はよく引き締まっていて、腹筋は見事に割れている。

黒髪から水滴がしたたる様は艶っぽく、一つ一つの動作が絵になり、映画やCMを観ている気分だった。

——髪の毛洗ってるだけで様になってるっていうか、スッピンだとは思えないくらい陰影が深くて、ほんと美形だよな……マジで人間なのか？

ルカのほうからいい匂いがしてきて、慈雨は透かさず彼のシャンプーをチェックする。

各々が好きなものを持ち込むスタイルなので、そこには各人の好みが反映されていた。

ルカのシャンプーとコンディショナーからは、花のような香りがしている。

いったいなんの香りなのか目を凝らすと、成分表の上に『ティーツリー、ラベンダー、オレンジのアロマ』と書いてあった。

ついでに『ユニセックス』とも書いてある。

勝手に白薔薇のイメージをいだいていた慈雨だったが、ローズ系ではなかった。

——いい匂い。俺もこれ使おうかな……つーか、髪濡らすとほんと頭ちっさ。あと眉が……眉の形が完璧すぎる。

洗髪でオールバックになっているルカの顔を見た慈雨は、鏡に映る自分の姿を確認した。ちんまり……という表現が真っ先に浮かぶ。

誉《ほ》めそやされて当然の小さく整った顔ではあるが、全体的に線が細く、中性的な美貌を持つ母親の潤にそっくりだった。

お世辞にも男らしいとはいえない。

潤は色白肌で目や髪が茶系だが、自分は小麦肌に金髪碧眼で、色違いという印象だった。十五になったばかりなのでしかたないとはいえ、背も高くないし、顔には幼さがたっぷりと残っている。

「慈雨、せっかくだから露天風呂に行こう」

「あ、はい」

綺麗なのに男らしいってチートだろ——と思いながら、誘われるまま露天風呂に向かった。

やや重たいガラス戸の向こうに広がっていたのは、海と真っ黒な稜線《りょうせん》だ。

富士山の位置はわかるが、雲がかかっていてほとんど見えない。

「これ、日が出てて晴れてたら絶景ですよね」

「うん、明るい時間は釣り船が近くを通ることもあるからちょっと入りにくいけど、感動的な眺めだよ。西向きなんで日没もいいし、早朝もいい」

「俺もいろんな時間に入ってみたいです」

今夜は冷えることもあって露天風呂には誰もいなかったので、慈雨はルカと二人で外風呂に浸かる。

すぐそこは海というロケーションは素晴らしく、ここにも小さな蟹がいた。

海沿いの風呂に浸かれるというだけで、慈雨のテンションは上がっていく。

「先輩、ぶしつけだけど……そのビジュアルだとスカウトとか大変じゃないですか？」

「……ん？　うーん、まあ、時々声をかけられることはあるけど」

「時々とか嘘でしょう。しょっちゅう声かけられるはず」

「いや本当に時々だよ」

「そういうの全部断っちゃう感じですか？　なんか……一回でいいから映画に出て、銀幕史に残ってほしい気がするんですけど」

「銀幕史って……面白いこというな。無理無理、あまり目立つの好きじゃないし。どちらかというと縁の下の力持ちみたいな、そういう立場でいたい」

「もったいない、絶対売れそうなのに」と思わずいってしまった慈雨に、ルカは笑う。

「自分こそ」と返された。

「俺は肌の色も毛色もこれだし、見た目が思いきり外国人なんで案外スカウトされないんですよ。先輩は追い回されて大変そう。ここが離島でよかったですね」

「追い回されるなんて、大袈裟《おおげさ》だって」

ははは……と謙遜する顔が、これまた男性アイドルのグラビア写真のようなクオリティーで、慈雨は何度も見惚れてしまう。

警戒心もいくらか解けて、倖への手紙に『アタリ』と書けそうだなと思った。

大アタリかどうかはまだわからないが、おそらくアタリではあるだろう。

やたら親切なのは、クリスチャンだから……で片づくのかもしれない。

「うちの母親……っていっても男なんですけど、昔はすっごい追い回されたらしいんですよ。芸能事務所のスカウトから逃げてる途中で車にぶつかりそうになって、そのとき乗ってたのがうちの父親で、同性結婚して」

「へえ、そうなんだ？　運命的な出会いだね」

「先輩もそんな感じで、すごい追われてそうだなと思いました」

ルカは同性結婚という言葉に反応せず、「そのときは車に気をつけるよ」と苦笑する。

親のことや出生についてあれこれと詮索されたり引かれたりしなかったことで、慈雨の中で彼の好感度がヒュンと上がった。

《二》

始業式がすぎて一週間が経《た》ち、慈雨《じう》は聖《セント》ラファエル学園に馴染《なじ》みつつあった。

竜泉学院《りゅうせん》では表面上はちやほやされていたが、内心では「恐竜化できないくせに」と馬鹿にされているのがわかっていたので、裏表がない今の状況はとても気分がいいものだった。

竜嵜《りゅうざき》グループの御曹司だということも隠しているため、素の自分で勝負している気がして、不便さを上回る居心地のよさを感じている。

そう思える背景には、ルームメイトのルカの存在が大きい。

家族と……特に双子《ふたご》の弟の倖《こう》と離れたさみしさはあるものの、世話焼きの彼がいるおかげでさみしがっている暇がなく、だいぶ癒やされていた。

あとはやはり海だ。

父親の可畏《かい》は山の上にある竜泉学院まで毎日海水を取り寄せ、環境を整えてくれていたが、水槽に溜《た》めた水はどうしたって本物の海には敵《かな》わない。

海のそばこそ自分が暮らすべき場所だということを、慈雨はしみじみと感じていた。

「竜寄慈雨くん、身長一六五センチ、体重八七キロ……っ、え？　八七キロ？」

身体測定の日、慈雨は人間の振りをするために抜かりなくすごしていた。

他の生徒に体重を聞かれないよう、体調不良を理由に身体測定の時間に抜けだし、放課後に保健室に行ったのだ。

「俺、骨密度が異常に高い体なんです。子供の頃なんか普通より二倍近く重くて、あまりにもめずらしいからNASAの研究員がうちに来たこともあるくらいなんです」

保健医一人しかいない時間に体重を量った慈雨は、さも本当のことのようにいってのける。

三十代の女性保健医は目をぱちくりとさせながら、「ほんとに？　そんなことあるの⁉」とびっくりしていた。

「はい。見ての通り肥満でもなく、どちらかといえばやせ型なんですけど、骨だけが半端なく重くって……」

「すごい、いい意味での特異体質よね。骨粗しょう症の人に分けてあげたいくらい」

「あー……そうですねぇ」

「NASAも興味を示したってことは、製薬会社とか食品会社とか、骨の研究してるとことか、あちこちで重宝されそう。すごい価値があるんじゃない？　たぶん引っ張りだこよ」

「そ、そんなぐいぐい来ないでください。なんかそういうの……人体実験みたいで怖いんで、なるべく隠す方向で生きてます」

「あ、そっか、そうよねー、よく考えるとちょっと怖いわね」

「体重が重いのも自分としては気になってて、誰にも知られたくないって思ってます」

秘密にしておいていただけますか——といわんばかりの目ですがると、保健医はうんうんとうなずいた。

「心配しなくても大丈夫。元々身長や体重を他の生徒の前で読み上げたりはしないの。プライバシーは尊重されてるから」

「よかった……からかわれるの、すごくいやなんです」

「そうよね、これは確かに見た目と違いすぎてびっくりするし」

「先生が理解のある人でよかったです」

「私ったら勉強不足で、そういう体質の人がいるなんて知らなかったわ」

「ほんとにめずらしい特異体質みたいなんで、それはしかたないと思います」

悩み多き少年の振りをしてしおらしくいった慈雨に、保健医はあくまでも優しかった。

「誰にも知られないように気をつけるわ」といったうえに、「もし悩みがあったら、いつでも相談してね」と親切に見送ってくれる。

——これで一つクリア……体重のことは隠しようがないから、ほんとよかった。

なんとなく安心感のある匂いがする保健室を出た慈雨は、ふうと一息つく。

放課後の廊下にはまばらに人がいた。知っている顔もある。

クラスメイトの夜神咲也《やがみさくや》が、「あ、竜嵜だー」と手を振りながら近づいてきた。

夜神は学内ではめずらしい茶髪のロングヘアで、すらりと背が高く目立つ存在だ。

学級委員でもないのに世話を焼きたがり、気さくに声をかけてくるので、いつの間にか一番仲のよい友人のようになっている。

「保健室ってことは、身体測定?」

「ああ、遅れて受けた」

「具合悪いのはもういいの?」

「平気、このあと泳ぎに行く」

「ほんと毎日泳ぐんだな、さすがは学園のマーメイド」

「変な名前で呼ぶなよ」

「もう有名だし、いまさらだろ?」

ルカとは違ってにんまりと悪い顔で笑う夜神は、いきなり肩を抱いてくる。

慈雨は馴《な》れ馴《な》れしくされることに慣れていないため戸惑いを感じたが、竜泉学院にいた媚《こ》びへつらう連中とは異なり、妙な下心はなさそうなのでまだマシだった。

それに夜神もなかなかのイケメンだ。オーデコロンを使っていて少々香りがきついが臭くはなく、くっつかれても嫌悪感はない。

「俺も海水プールで泳いでみようかなぁ」

「やめとけ、死ぬから」

「そんなに冷たいの？」

「俺以外には無理だな」

「はー……すげーな、皮下脂肪少なそうなのに……あ、でもほっぺはもっちり？」

「うるせーよ、ほっぺ関係ねーから」

「確かに」

　やや軽薄な印象を受ける夜神に肩を抱かれながら廊下を進むと、ルカの姿が見えた。

まだだいぶ距離があるが、慈雨にはすぐにわかる。

　遠くから見ても完璧なシルエットと並んでいるのは、四十代くらいの男性教師だった。

　そのすぐ横は進路指導室なので、ルカは教師になにか相談をしたのかもしれない。

　そう思ったが、なぜか教師のほうがペコペコしていて、「じゃあよろしく頼むな」といっているように見えた。

「あ、ルカ様だ」

「おい、いつまで肩抱いてんだ、放せって」

　慈雨はルカの目を意識して、夜神の手を振りほどく。

　幸いまだ気づかれておらず、その間に夜神とはほどよい距離を取れた。

　同級生の友人がいるのは問題ないが、子供っぽく慣れ合っているとは思われたくない。

教師が廊下の奥に消えると、ようやくルカと目が合った。

「ルカ先輩、どうかしたんですか？」

「あ、慈雨……と夜神？」

「はい、夜神です。うちの竜寄がお世話になってます」

「うちの？」

「うちのクラスの」

「はは……こちらこそ、ルームメイトの慈雨がお世話になってます」

「なにいってんですか先輩、コイツに世話してもらった覚えなんてないですから」

「そうなの？　あ、先生の件はなんでもないんだ、ちょっと頼まれ事」

「頼まれ事？　なにか手伝うことありますか？」

なにかを運ぶとかなら手伝おうかと思った慈雨だったが、ルカは「ううん、大丈夫」とだけいって、くわしく語らなかった。

夜神の顔をちらりと見てから、「二人で寮に戻るとこ？」と訊《き》いてくる。

「俺はプール寄って帰ります。コイツは部活のはず」

「ですです」

「……プールって、屋外？」

「あ、はい」

気温と関係なく海水の屋外プールを使う慈雨は、人間らしさを演出したくて「今日はだいぶ暖かいし」といってみた。

「そう、それならいいんだ。屋内プールじゃなければべつに……」

「——え？」

物憂げな顔で、なにやら意味深なことをいわれる。

昨日までの彼は、慈雨が屋外プールばかり使っていることを心配していて、「ほんとに風邪引かないようにな」「屋内のほうにすればいいのに」などと呆《あき》れ気味にいっていたのだ。

「屋内プール、使わないほうがいいんですか？」

「ああ、うん……今日はちょっとね。このあと用事があるから、あとでくわしく話すよ」

「あ、はい」

ルカの発言に、慈雨はますますわけがわからなくなる。

夜神も不思議そうな顔をして、はてと首をひねっていた。

しかしそもそも屋内プールを使わない慈雨としては、不都合があるわけではない。

放課後は5レーンあるプールのうち4レーンは水泳部が使うので、誰もいない屋外プールのほうが断然いいのだ。

——なんなんだろ？　いうことが急に逆になったから……さっきの先生からの頼み事と関係あるのかも？

なんだか気になるが、あとで説明してくれるといっているのだから、とりあえず考えるのをやめることにする。

このあと軽音部の部活がある夜神と別れ、慈雨は校舎から渡り廊下を使って寮に移動した。

そこからいつも通り屋外プールに行く。

更衣室やシャワールームは屋内プールと共有なので、水泳部員の声が聞こえてきた。

水の中にいる部員に声をかけているのだから当たり前だが、大声を張り上げて先輩が後輩を指導しているのを聞くと、耳を塞ぎたくなる。

慈雨にとって水に浸《つ》かることは、食事をすることや眠ることと同じくらい大切なことなので、反響する大声は耳障りでしかなかった。

――潜ろう。

浅く冷たい海水プールの底で、しばらく沈んで心身を整える。

誰かが見ていたときのために一分以内に顔を出すようにしていたが、顔を上げて肺で呼吸をするとすぐにまた潜り、ゆるやかに水を掻《か》いた。

海水プールを使っていることがすっかり人に知れ渡ってしまったため、油断できない。

なにしろ屋外なので、一部の部屋のバルコニーから丸見えなのだ。

――ああ……気持ちいい、ほんと整う――……。

慈雨は沈んだり浮いたりをくり返し、全身で海の恵みを感じ取る。

この学校にいると妙な劣等感を覚えなくて済み、すごしやすいなと改めて思った。

寮生活にも新しい学校にも慣れてきたし、クラスメイトの名前もほとんど憶《おぼ》えた。

夜神を始めとして、教室やカフェテリアで一緒に昼食を摂《と》る級友も何人かいる。

部活には結局まだ入っていないが、寮では先輩たちに可愛《かわい》がられ、万事順調だ。

時々倖のことを思いだして、家に帰りたくなること以外は——。

——スマホ禁止でほんとによかった。そうじゃなきゃ、一日中、何回も……いや、何百回も新着確認して、そのたびにガッカリしてたかもしれない。

倖には一度手紙を出し、主にルームメイトについてアタリ報告をした。

倖からも手紙が届いて、『超美形で優しいルカ先輩に僕も会ってみたいよ』と、『慈雨くんがいなくて、みんなさみしがってるよ』と書いてあった。

あちらでのたのしそうな報告はなく、慈雨がホームシックにならないよう配慮しているのが感じられる手紙だった。

——倖ちゃん、俺はなんとか上手《うま》くやってるよ。思ってたより順調だし、大丈夫……そりゃ多少は帰りたい面もあるけど……倖ちゃんのマシュマロみたいなほっぺをツンツンしたいとか、倖ちゃんの匂いを嗅ぎたいとか、あとはママの作ったごはんが食べたいとかは……結構すげーあるけど、それでも帰らない。俺は家族をいい形のまま守るって決めたから、次の休みもその次の休みもずっと、帰らない。

水に漂いながら倖への手紙をすぐに書くか書かないか考えていた慈雨は、水面から顔だけを出して午後の富士山《ふじさん》を眺める。

東京《とうきょう》から遠く離れていることを実感すると、心からほっとした。

倖に会いたい恋心よりも、離れている安堵感《あんどかん》のほうが強い気さえする。

——会いたくて会いたくて我慢できないのが恋なら、会えなくてちょっとほっとしてる俺のこれはなんなんだろう。恋は恋でも、あきらめられる恋？

そうだといいな、自分で思っているよりも軽いといいな——まるで病気かなにかのように、そう思った。

誰も治せない不治の病だったら、いつまで経っても帰れなくなってしまう。

会わない時間がいい薬になってくれることを、願わずにはいられなかった。

——ああ、でも……ずっと帰らないわけにはいかないよな……あまりにも帰らないとパパが怒って、強制退学とかさせられそうだし。そうだ、五月のママの誕生日頃には帰ろう。抜きに抜いて体スッキリさせて日帰りにすれば、倖ちゃんがハグってきても大丈夫。

ふわふわ天使のような倖に、「慈雨くーん」といわれて抱き締められることを想像する。

それだけで血が一ヵ所に集まってしまい、水着がぴんと張り詰めるのがわかった。

普通の人間なら冷たい水に浸かって冷静になるところだが、慈雨にとって海水は滋養強壮の叶《かな》う命の水だ。

妄想などしたら猛々《たけだけ》しいことになってしまう。

――萎えること……萎えること考えよう。虫とか、虫とか、虫……。

木の根の辺りで石をひっくり返すシーンを想像すると、体がさあっと萎えていく。

救いを求めて倖の妄想に戻ろうとする本能が目覚めたが、理性で団子虫を増殖させて、頭の中を嫌悪感でいっぱいにした。これでどうにか水から出られそうだ。

――あんまり長居すると人外扱いされるし、このくらいにしておくか……。

春先から海水に浸かる変な転校生として噂《うわさ》され、予定外に多くの生徒に認識されてしまった慈雨は、今日も水を弾《はじ》き飛ばさず、びしょ濡《ぬ》れでシャワールームに向かう。

今は人目がある時間なので、シャワーによる水分もそのままにした。

「おーい、竜寄、ルームメイトが来てるぞ」

力を使わずタオルに吸収させる人間らしいやり方で、ガシガシと水気を拭いていると、同じクラスの水泳部員に声をかけられる。

「……え？　ルカ先輩？」

「ああ、ルカ様めずらしく泳いでる」

ルカが泳ぐところを見たことがない慈雨は、バスタオルをかけたまま屋内プールに向かった。

あの人なら泳ぎも上手そうだなと思ったが、それよりなにより、今このタイミングで泳いでいることが気になる。

つい先ほど、「このあと用事があるから」といっていたのだ。

——用事って泳ぐことが？　だったら誘ってくれればいいのに……。

ルカが屋内プールで泳ぐと知っていたら、自分も今日はそちらで泳いだだろう。

そのくらいなんでも一緒に行動するのが当たり前になっていたので、ルカが自分を誘わずにプールに来ていることが不思議だった。

——あれ？　さっき、今日は屋内プールで泳いじゃ駄目……みたいなこといってたよな？

あれはなんだったんだ？

自分は泳ぐのにお前は泳ぐなというのも変な話で、首をかしげてしまう。

ルカは水泳部が使わない5レーンにいた。

飛び込み台の下に防水加工した紙がぶら下がっており、『水泳部員以外は飛び込み禁止！』『右側通行』と、赤や黒の太文字で書いてある。

ルカはクロールでゴール側に向かっている最中だった。

一つのレーンを、みんなで半分に分けて使っている状況だ。

人魚レベルの慈雨とは比べようがないが、人間としてはかなり上手いほうだった。

イメージを裏切らないスマートな泳ぎで、ターンをして戻ってくる。

プールサイドに目が行っていないらしく、慈雨に気づくことはなかった。

あっという間に二十五メートルを泳ぎきり、またターンをして休みなしに泳ぎだす。

同じレーンで泳いでいる生徒が二人いたが、彼らも上手くスピードも同じくらいだったので、止まったり順番を譲り合ったりする必要がなく、スムーズに流れていた。

春の放課後に水泳部員でもないのに泳ごうなんて面々は、自信があるかダイエット目的か、そのどちらかに決まっている。

慈雨も一緒に泳ぎたくなって足の指が勝手に動きだしてしまったが、ぐっとこらえてプールサイドからルカを見ていた。

——俺がプールに来てること知ってるのに、声もかけないし気づきもしないし……なーんか面白くないけど、まあいいや……先に帰ろっと……。

おとなしく待っているのも癪《しゃく》なので帰ることにした慈雨に、五年生の水泳部員が「おい竜寄、部活決まったかぁ？　いい加減うちに来いよ」と声をかけてくる。

いささか機嫌が悪くなっていた慈雨は、「サーセン」と雑に断ってその場を去った。


十階の自室に戻ったあとも、ルカのクロールが頭から離れずにイライラする。

ルカは慈雨が泳いでいるのを見たことがあるので、水泳の実力はわかっているはずだ。

もちろん、本来の力を抑えた泳ぎではある。世界新記録も日本新記録も出さないよう、手を抜いた泳ぎではあるが……それでも十分、実力者だとわかるはずだ。

——まさか、俺が先輩のペースについて行けないと思ってるとか、そんなことないよな？　もしそんな誤解をされていたらと思うと笑ってしまうが、一方で屈辱でもあり、胃の辺りがムカムカしてくる。

——おかしいよな、普通は誘うよな？

普段からあっさりした関係のルームメイトならわかるが、ルカは朝食も夕食もジムも入浴も散歩も洗濯も、なんでもかんでも誘ってくるのだ。

彼のこれまでの行動からすると、「一緒に泳がない？」と、にこやかに声をかけてくるのが自然に思えた。

——べつに誘われたいわけじゃないし、一緒に泳いだからなんだっつーわけでもないし……そもそも人前で加減して泳ぐの疲れるし、全然いいんだけどさ……。

しかしなんだかどんよりと、重たい靄《もや》が胸に広がる気がする。

帰ってきたら訊いてみようか、それとも向こうから「俺も泳いできたんだ」というまで待つべきだろうか。

ルカがそういってきたら、「見てましたよ」と明るく返すべきか、それとも少し不貞腐《ふてくさ》れて、「誘ってくれてもよかったのに」なんてすねるべきだろうか。

そんなことを考えているうちに、だんだん馬鹿らしくなってくる。

こっちが思うほど向こうはなにも考えていないのではと思うと、悩みたくなかった。

——倖ちゃんの手紙でも読もう。

乱雑に着た制服姿でベッドにダイブし、倖からもらった手紙を開く。

桜色の封筒に、桜の柄の便せんが入っていた。

綺麗《きれい》と可愛いの中間くらいの文字を見ると、それだけで心が洗われるようだ。

まさに整う感じがして、自分の心がどこにあるのか確認できる。

——そりゃルカ先輩はメッチャ綺麗だし優しいけど、所詮は他人なんだし……出会ってまだ二週間しか経ってない。釈然としないことの一つや二つあって当然っていうか……こうやってグダグダ考えるほうがどうかしてるよな、ただ泳いでただけじゃん！

おそらく、泳いでいたから駄目なのだ。

その行為は自分にとって非常に重要なことだから。

散歩やジムよりも、むしろ泳ぎに誘えよ。そこで俺を誘わないってどういうことだよ——と、勝手に不満を募らせてしまう。

——甘えてんのかな？　構ってもらって当たり前みたいな、そんな感じになってる？

倖がガラスペンで書いた文字に目を滑らせながら、慈雨は自問する。

つい二週間前まで知りもしなかった人に、いつの間にか甘えていることが少し怖かった。

倖から逃げるためだけではなく、人として成長したいという気持ちも持っていたはずなのに、ルカのせいで甘えん坊になっている。

――先輩のせいにするのがすでに甘えだけど、でも先輩も悪い。

とにかく甘やかしすぎるのだ。

学年が違うので学校内ではそれほど接触がないが、寮では常に一緒だった。行動を共にすること以外にも、慈愛に満ちた表情で、「これ使う?」「これ食べる?」といいものを勧めてきたり美味《おい》しいものをくれたり、いつも優しく構ってくれる。

決してしつこくはなく、声をかけてくるタイミングを心得ていた。

ビジュアルと声だけでも大好きになってしまいそうな人に、優しくされれば誰だって気分がいい。そう簡単に手懐けられてたまるものか……と最初は抵抗もあったものの、この二週間ですっかり下級生ポジションが板につき、可愛がられる快感に慣れていた。

「ただいま」

悶々《もんもん》としているうちにルカが帰ってきて、慈雨はベッドの上から「おかえりっす」と返す。

軽い口調にしたが、声の調子は普段より低めになった。

どういう態度で迎えるか、まだ決まっていない状態だ。

「プールで俺のこと見てたんだって?」

ルカは肩からかけたタオルで濡れ髪を拭きながら、くすっと笑う。

慈雨が答える前に、「慈雨みたいに上手くないから恥ずかしいな」といった。

つまり泳力に関する誤解はないということだ。

自分のペースについて行けないと思って誘わなかったわけではない。

むしろ俺が上手すぎるから誘わなかったのかも——という線もあると思うと、慈雨の機嫌はたちまち回復に向かった。

「先輩も十分上手かったですよ」

「ほんとに？　クロールはともかくバタフライがちょっと苦手なんだよね」

「今度見せてください。水泳にはかなり自信あるんで、アドバイスできることがあるかも」

「うん、よろしく」

にこりと笑うルカはいつも通り謙虚で、慈雨のお気に入りの彼そのものだった。

あれこれ悪く考えるなんて杞憂《きゆう》だったなと思うと、心の靄はすっかり晴れる。

「先生からなにか頼まれたとかいってたんで、なんで泳いでるんだろって」

気になることは気になるので追及すると、ルカは「その件でね」とソファーに座る。

慈雨もベッドから立ち上がり、ルカの斜め前に座った。

倖からの手紙を持ったままだったので、便せんを封筒の中にしまう。

「弟さんからの手紙？」

「はい、新しく届いたわけじゃないんですけど」

「読み返してたんだ？　ほんと仲よしなんだな」

「でも次のを出すか迷ってます。出すと返事待ちのターンになるじゃないですか？」

「ああ、それはちょっとつらいね」

「そうなんですよ、出さないほうが平和かも」

「わかるよ、すごくわかる」

ホームシックを匂わせることをいった慈雨に、ルカはそういってうなずいた。

話が脱線したがすぐに戻り、「先生に頼まれて泳いできたんだ」といわれる。

思いがけない答えだった。

そういわれても、どういう事情なのか想像がつかない。

無理やり頭を働かせると、落としものを探すのを頼まれるというストーリーが浮かんだ。

「プールで結婚指輪を落としたから、探してほしいとか？」

「なにそれ」とルカは笑う。

どうやらハズレのようだった。

「──実は、昨年の今頃に不幸な事故があってね……屋内プールの5レーンで、三年生が一人亡くなったんだ。溺死だった」

話が予想の斜め上に飛び、慈雨は呆然《ぼうぜん》として黙り込む。

このあとどういう流れになるのか、今度こそ本当に想像がつかなかった。

先ほどとは打って変わって真面目な……ともすれば暗く悲しい表情を浮かべているルカは、慈雨が手にしている桜色の封筒に目を留める。

「桜が……といっても八重桜が、満開の時期だった。消防がヘリで来て、そのあと警察が船でやって来たんだ。学校中が大騒ぎだった」

慈雨は相変わらず話の行方がわからないまま、三年生というのは中学三年生のことだなと、それだけは冷静に判断していた。

「気の毒ですね」

「本当だね」と、ルカは悼むように眉根を寄せる。

「それから中学生はプールの使用が禁止になって、授業や部活のときしか泳げなくなったんだ。高校生は変わらず自由に泳げるんだけど」

「そうだったんですか……そういわれてみると大人っぽい人ばかり泳いでますね」

「うん。うちのプールは元々がホテルのものだし、水深一五〇センチしかないから、そんなに危なくないんだけどね……中学生はその深さでも溺れかねないんで、制限がかけられたんだ。そんな感じで約一年、これまで特に変わったことはなかったんだけど……」

「はい」

話が核心に迫りそうで、慈雨は無意識に唾を飲む。

ルカはどことなくいいにくそうな顔をしながら、小さな溜《た》め息をついた。

「先々週と先週……5レーンを泳いでいて、両足を引っ張られて溺れかけた生徒がいたんだ」

「――え?」

「最初は先生方も信じなかったらしい。足が攣《つ》ったんだろうって……そう判断していたんだ。幸い大事に至らなかったし、プールに注意書きが一つ増えただけだった。『足が攣らないよう準備運動をしっかりしましょう』ってね……だけど、昨日また同じことが起きた」

「足を引っ張られたって、またいってたんですか？」

「そう、三人目の生徒も『間違いなく足を引っ張られた』と証言した。それだけじゃなくて、プールの底に誰かいたっていうんだ。人間じゃない、ぼんやりとした黒いものを見たって」

「……っ、えっと……それってつまり、幽霊的な話ですか？」

まさかと思いつつ訊いてみると、ルカは「うん」と迷わず答える。

反射的に笑いそうになった慈雨は、ルカの視線を意識してどうにかこらえた。

最初は冗談かと思ったが、ルカは真剣にいっているのだ。

そもそも彼はクリスチャンで、入浴時まで肌身離さずロザリオを着けている。

そういう彼からしたら、幽霊は存在するという認識なのかもしれない。

宗教の一環として信じているなら、笑ったり否定したりしては駄目だ。

「一人目も二人目も、手の感触を両足首に感じたといっていて、三人目は黒い霊の姿を確かに見たといっている。しかも被害に遭った生徒には共通点があって、教師の立場ではいいにくいことみたいだけど、三人が揃《そろ》いも揃って可愛い人なんだ」

「可愛い……人？」

「いわゆる美少年。五年生が一人と六年生が二人なんだけど、みんな小柄で可愛い……目立つタイプだった。男子校の姫ポジというか。そういう共通点も見えてきたんで、先生方も放っておけなくなって、宗教倫理の小田島《おだじま》先生が代表して俺に相談してきたんだ」

「――ぁ、あの……それでなんで、先輩に？」

年齢的には少年だけど、小柄で可愛い美少年ではないだろう――といいたくなった慈雨に、ルカはどこか不思議そうな顔をする。

「……ん？」

「ん？　じゃなくて……っ」

「――ああ……」

ルカはしばらく考え込んでいたが最終的に自分で答えを出したようで、苦い笑い方をした。

「これまで誰からも聞かなかった？　俺の二つ名……いろいろあるって笠原がいってただろ？　ほほ笑みの貴公子とかなんとかの王子とかいわれるとすごく恐縮しちゃうけど、唯一自分でも納得してるのがあって……それが、学園のエクソシスト」

「学園の、エクソシスト？」

「うん、見える性質《たち》なんだ」

「……え？」

至極普通のことのようにいわれて、ぶわりと鳥肌が立つ。

怖いわけではなかった。

もちろん気味が悪いとも思っていない。

ただ、未知との遭遇にびっくりして、興奮が体中を駆け抜ける。

「――っ、ぅ」

おどろきのあまり手にしていた封筒を落としかけ、つかもうとしたら手を切った。

封筒の封の部分でスパッと切れた人差し指から、ゆっくりと血がにじんでくる。

こんな些細《ささい》な怪我《けが》などすぐに治ってしまうので、見られたらまずいと思った。

ただ、今はそんなことよりもなによりも話の続きが気になる。

「大丈夫？　血が出てる」

「み、見えるって……幽霊が、見えるんですか？」

「それより手当てしないと。絆創膏《ばんそうこう》あるからあげるよ、ちょっと待ってて」

「いや、あの……」

「紙で切ると痛いよな、紙の断面はノコギリみたいにギザギザしてるって授業で習った」

いや、こっちはそれどころじゃないんですけど――といいかけた慈雨は、しかし絆創膏でも貼らないと傷を隠せないので、ありがたくもらっておくことにする。

勉強机のひきだしを開けてソファーまで戻ってきたルカから、「貼ろうか？」と訊かれたが、当然そういうわけにはいかなかった。

「自分で貼ります、ありがとうございます」

「ハイドロコロイドだから隙間なくぴっちり貼って」

「えっと、ハイドロ？　ドロドロ……って、なんですか？」

「ハイドロコロイド。湿潤療法のことだよ。傷からにじみ出る体液で傷の自己治癒力を高める絆創膏なんだ。使ったことない？」

「そんなのあるんですか……」

「うん、傷のところが白くふくらんだ状態になるんだ。俺もくわしいことはわからないけど、体液に触れるとジェル状に変化するんだったと思う。五日くらい貼りっ放しにしておくと痕が残らず綺麗に治るよ」

「五日も……」

　五日どころか五十秒くらいで治っちゃうんですけど——とはいえず、慈雨は傷を見られないよう注意しながら絆創膏を貼る。

「先輩、ハイドロなんとかの説明より、さっきの話の続きをお願いします」

「ああ、うん。俺は生まれつき霊的なものが見える体質なんだ。さわろうと思えばさわれるし、集中すれば祓《はら》うこともできる。もちろんなんでもってわけじゃないけど、今のところ祓えないほどの大物には会ってない」

「す、すごいじゃないですか！」

興奮のあまり身を乗りだした慈雨は、いつの間にか霊的なものの存在を信じていた。

これまでの人生で幽霊を見たことはなく、怖がった幼少期には母親の潤の言葉を信じて……つまりは「幽霊なんていない。大丈夫、怖くない怖くない」というなぐさめを信じて恐怖から逃れていたので、今になって幽霊のことを考えるとは思いもよらなかった。

もちろん、ルカが嘘《うそ》をついているとはまったく思わない。

これが他の誰かだったら笑い飛ばして信じなかったかもしれないが、ルカがいうと説得力がある。

天使でも悪魔でも幽霊でも、ルカがいるというなら、本当にいるんだと思えた。

「これまでに何度か、体調が悪くなった生徒に取り憑いていた霊を、祓ったことがあるんだ。先生方からこっそり相談を受けることもあったし、うちがミッションスクールだからなのか、だいたいの人は信じてくれた」

「それは……先輩だからじゃないですか？　要するに人徳ってやつ」

「そう思ってくれるのはうれしいな」

ほほ笑む顔がいつになくうれしそうに見えて、どきりとする。

確かに、人によっては変な奴《やつ》と思われたり、ひどいとイジメにつながったりするのかもしれない。そう考えると、ルカのよろこびようも理解できる気がした。

「慈雨に信じてもらえるのは、特にうれしい気がする」

「……俺に？　なんでですか？」

「慈雨はちょっと、特別なんだ。初めて会ったときのこと憶えてる？　俺、慈雨の肩の辺り、かなりじろじろ見ちゃっただろ？」

「あ、はい……憶えてます。肩とか背後とか見てましたよね。そのくせ顔を見てたことにして、なんか誤魔化しましたよね？」

「そう、咄嗟《とっさ》に誤魔化したけど、あれは慈雨の背後霊を見てたんだ」

「――え？」

これ以上なにをいわれてもおどろかない気がしていた慈雨は、ばっと後ろを振り返る。

キャビネットがあるだけでなにもなかったが、目を凝らさずにはいられなかった。

あるとしたら恐竜の影か――と期待するが、そういうわけではないらしい。

ルカは、「慈雨にはまったくなにも憑いてなかったんだ」と、いいのか悪いのかわからないようなことをいう。

「憑いてないって、いいことなんですか？」

「うん、いいことだよ。世間では守護霊なんて言葉も使われてるけど、俺はそんなものは存在しないと思ってる。無害に近い霊はいても有益な霊はいない。ほとんどは形の曖昧な白っぽい靄のような霊で、人間にとって少しばかり有害なものなんだ」

少しばかりと表現したルカは、「稀《まれ》にすごく悪いのもいて、大抵は黒い」と付け足した。

慈雨は気持ちのうえでは一歩も二歩も乗りだして、ルカの話に聞き入る。

「俺には、白いのも黒いのも憑いてないんですね？」

「そう。慈雨は、なんというか……清浄な気をまとってるんだ。たぶん水の気かな、と思う」

「水の気？」

「そんな感じがするってだけなんだけど、透き通るような水色をした涼しい気が……オーラのように立ち上っていて、悪いものを寄せつけない。空気中に当たり前に漂う霊たちが、慈雨のことを避けてる。だから、なんてオーラ美人なんだろうって思ったんだ」

「――オーラ美人……」

「顔立ちや立ち居振る舞いの綺麗な人はたまにいるけど、霊的に清浄な人って、実はあんまりいないんだ。当の俺も、放っておくと悪いものが近づいてくるから、意識的にニコニコして、陽の気を出して霊を避けてる。そうでもしないと視界が悪くなるし、雑音もわずらわしいし、首や肩が重くなるんだ。そうやって常に意識して霊を避けてる俺からすると……慈雨は特別。一緒にいるだけで周囲の空気が綺麗になるんだ」

「――空気清浄機みたいな、もんですか？」

「うん、超高性能の」

にこっと笑ったルカは、その場で宙を見上げる。

ローテーブルの上にある空間をじっと見てから、空気を味わうように吸い込んだ。

「今も、なにもいないんだ。慈雨のオーラが自動的に雑多な霊を撥《は》ね退《の》けてくれてる。だから慈雨と一緒にいるとすごく楽だし、食事はもちろん空気まで美味しく感じる。授業中も部活のときも、ずっとそばにいてほしいくらい」

まろやかなほほ笑みと共にいわれると、心臓がきゅんと跳ね上がる。

ルカにこんなことをいわれて、うれしくないわけがなかった。

自分がそんなに役に立つのなら、いつでもくっついていてあげたくなる。

「——俺、水と相性がいいっていうか……普通以上に水が好きだから、水の気があるのかも。それが役に立ってるなら、うれしいです」

「本当にありがたいと思ってるんだ。こんな人がいるんだって……すごい、おどろいた」

「先輩……」

笑顔と言葉でやわらかく抱き締められた気がして、顔が勝手にほころんでしまう。

自分が水棲《すいせい》竜人に近いハイブリッド種の竜人だということはいえないが、生まれ持った力を認めてもらえると自信がついた。

正真正銘の水竜人——たとえばスピノサウルス竜人の汪束《おうつか》蛟《みずち》などは、もっと強い力を持っているのかもしれない。きっと自分以上のオーラ美人なのだろう。

そう考えると少しばかりくやしいが、それでもよかった。

自分は自分で、今まとっている水の気を心から愛せる。

「本題に戻るけど、除霊が終わるまで屋内プールで泳がないよう、気をつけてほしいんだ」

「……えっと、それは……幽霊に足を引っ張られるかもってことですか？」

「うん、慈雨はすごい美少年だし、俺と違って霊のお眼鏡にかなうと思う」

「先輩が今日5レーンを泳いでたのは、幽霊を探してたんですね？」

「そう、でもやっぱり出現しなかった」

「先輩は美青年だから」

「それはよくわからないけど……この春から現れた霊が、去年溺死した三年生の霊だとしたら、あまりよくない状態だと思う。足を引っ張って溺れさせる行為は攻撃的なものだし、三人目の被害者は黒い靄を見てる。いわゆる悪霊と化してる可能性が高い」

「悪霊……」

「慈雨は霊を撥ね退ける強いオーラを持ってるけど、それはあくまでも雑多な霊の場合なんだ。慈雨に対して明確な目的がある霊なら、たぶん近寄ってくる。攻撃を受けることも十分にあり得るんだ」

「——うーん……と、それってつまり、俺が溺れるかもってことですか？」

それは絶対ないんですけど——といい切れないのがもどかしい慈雨に、ルカは、「どんなに泳ぎが上手くても、プールが浅めでも、危険はあるから」といってくる。

——水の中で息ができるんで、絶対溺れません……って、いえないもんなぁ……。

ルカの心配は当然のもので、どう返していいのかわからなかった。

竜人であることを打ち明けられない以上、自分にとっての絶対を主張できない。ただの人間なのに悪霊の攻撃を怖がらず、「俺は絶対溺れません！」と執拗《しつよう》にいい張れば、自信過剰な愚か者に見えてしまうだろう。

「あの……その霊は、なんで美少年を襲うんですか？」

「それは、霊に触れてみないとわからないんだ。手で触れると大抵の思考は読めるんだけど、出現しないいんじゃ触れようがない。推測としては、道連れ……あるいは、好みの生者の肉体を乗っ取ろうとたくらんでいるのかもしれない」

「じゃあ、これからどうするんですか？」

「俺が今日除霊できなかったから、屋内プールの使用が明日から全面禁止になる。水泳部にも休んでもらって、その状態で降霊術をやってみる。成功するかわからないけど」

「降霊術ってむずかしいんですか？」

「うん、むずかしいよ。かたくなに降りてこない霊もいるし」

「それなら……っ、そんなことしなくても、俺を囮《おとり》にすればいいじゃないですか」

「――え？」

思いついた名案に自ら飛びついた慈雨に、ルカはあわてて、「駄目だよっ」と手や首を横に振る。

「危険だからですか？　俺の身が？」

「そうだよ、悪霊と化してるっていっただろ？　最高に好みの美少年を見つけて、全身全霊で襲いかかってくるかもしれない。除霊がスムーズにいかなかったら、溺れる危険があるんだ。水深一五〇センチだからってなめてるかもしれないけど、ほんとに危ない」

「いや、やりましょうよ！　俺なら絶対大丈夫です……っていうとアレだけど、潜水能力にはかなり自信あるし、水泳部の人や顧問の先生とかにも協力してもらって、プールサイドにいてもらえばいいじゃないですか。あんまり騒がしいと出てこないかな？　まあとにかく万が一のことがあってもすぐ人工呼吸とかできるようにして、万全の状態でやりましょうよ！」

「慈雨……」

「あっ、人工呼吸になった場合は先輩がお願いします。ファーストキスだし、美形じゃないといやなんで」

「そんな冗談いってる場合じゃ」

「俺は本気です」

「冗談にしか聞こえないよ」

「一つ心配なのは、俺のビジュアルのことですよね。肌が浅黒いっていうか小麦系だし、髪は金髪だし、目は青いし……幽霊の好みに合わないかもだけど……でもやってみる価値はあると思うんですよ。四人目の美少年として襲われたら、先輩がすぐ潜って助けてください」

ね、やりましょうよ——と身を乗りだして続けた慈雨に、ルカは困惑しているようだった。

慈雨には悪霊がどんなものかわからず、よく知らないものを侮ってはいけないと思ったが、恐れる気持ちよりも好奇心や自信が上回っている。

攻撃を受けるのが水中である以上、負ける気がしなかった。

それに……無意識ではなく能動的に、ルカの役に立ちたい。

「——あ、誰か来た」

ピンポーンとブザーの音がして、慈雨はソファーから立ち上がる。

訪問者が来たときは、原則として下級生が対応する決まりになっていた。

「はーい」とドアを開けると、廊下にスーツ姿の中年教師が立っている。

先ほどルカと進路指導室の前にいた、宗教倫理の小田島だった。

「是永《これなが》はいるか?」

「あ、はい。先輩、小田島先生です」

そういって振り向いたときにはもう、ルカはドアのそばまで来ていた。

「ごきげんよう」とお決まりの挨拶をする顔はいつもの彼らしくなく、遅疑逡巡《ちぎしゅんじゅん》している。

「どうだった?」

小田島は慈雨の存在を気にしながらも、声を潜めて訊いてきた。

「部屋まで押しかけて悪いな、朝まで待てなくて」と、申し訳なさそうにいう。

「中にどうぞ」

ルカは小田島を部屋に迎え、先ほどまで慈雨が座っていた一人掛けのソファーを勧めた。

こんなとき無関係な下級生は席を外すべきだとわかっていた慈雨は、その常識を無視して「俺も一緒にいいですか？」と居座ろうとする。

小田島はルカに目を向け、判断を任されたルカは、少し迷ってから「いいよ」と答えた。

二人掛けのソファーにルカと並んだ慈雨は、もうすっかり除霊チームの一員になった気分で、わくわくと胸を高鳴らせる。

これが陸の上の話だったら少しは恐怖を感じたのかもしれないが、水の中だと思うと不安は微塵《みじん》もなかった。

「様子見で5レーンを泳いだ結果、プールの底から霊の視線を感じました。でも出現には至らなくて、亡くなった桜井《さくらい》くんの霊なのかどうかはわかりません」

「そうか……」と肩を落とす小田島に、慈雨は「俺が囮になります！」といいたくてしかたがなかったが、さすがにそこまで出しゃばりではなかった。

ルカに嫌われないよう、二人の話をおとなしく聞く。

「担任と一緒に桜井の家に行って線香をあげて、墓参りもしたんだけどな」

「そういうのは生きている人のための行為ですから」

「そうだな……追悼ミサも意味がなかったか」

「生者の言動でなぐさめられる霊もいれば、なにも感じない霊もいます。元々が人間ですから、人それぞれなんじゃないかと」

「とにかくこのままじゃ危険だからな、明日からプールの使用を禁止にしよう」

「はい、そのうえで降霊術をやってみます」

「いいのか？　降霊術は危険なんだろう？」

「いいえ、危険というほどのことは……ただ、集中力を使いすぎてしばらく寝込むと思います。これまでもそうだったので。なのでやるなら金曜の夜にしてもらっていいですか？　プールの水を抜かずに試してみて、それで駄目な場合は……」

「先輩！」

二人の会話をしばらく聞いていた慈雨は、とうとう我慢できなくなって割り込む。

集中力を使いすぎて疲れ果て、寝込んでしまうルカの姿を想像すると、とても黙っていられなかった。

「先輩、俺を囮に使ってください。先生、俺……幽霊が好む美少年かどうかはわからないけど、二つ名は学園のマーメイドだし、見込みはあると思います」

「竜寄……」

「足をつかまれてもかなり長く潜ってられます。急に襲われるわけじゃなく、事前に覚悟して泳いでいれば溺れにくいですし、泳ぎには絶対の自信があります！」

胸を叩《たた》きながらいった慈雨は、人間として不自然ではないよう「潜水記録は三分です！」と適当な嘘をつく。

もちろん本当は三十分でも三時間でも潜っていられる体だ。

足をつかまれようが手をつかまれようが、自分に危険があるとは思えない。

「先輩、降霊術じゃなく普通に悪霊を祓う場合は、反動とかあるんですか？　やっぱりすごい疲れたりします？」

「いや、呼びだすほど長い時間集中するわけじゃないし、除霊だけならそんなには……」

「それなら金曜の夜まで待たなくてもいいですよね。今から、今からやりましょう！　夜のが出やすい気がするし」

「夜か昼かは霊にとっては関係ない……っていうか、本気でいってるのか？」

「先輩と先生が待機してくれてたら、それで十分です。俺に危険はありません」

なにを根拠に……といわれるのを承知のうえで、慈雨は二人の目を見て訴える。

ルカはまだ迷っていたが、教師のほうはその気になっているようだった。

慈雨の顔をまじまじと見て、「確かに美少年だし、泳ぎが得意なら囮として最適だよな」と、うなずいて納得している。

「先輩、今日は火曜です。金曜までプール使用禁止なんてきびしすぎます。使いたい人だっているんだし、今夜中に片づけましょう！」

拳を握る慈雨に、ルカは深い溜め息をつく。

それでも最終的には首を縦に振り、承知したようだった。

ルカよりも乗り気だった小田島が、水泳部の顧問である体育教師の久地《くじ》を呼びにいき、総勢四名で除霊に挑むことになった。

小田島以外は水着に着替え、プールに入る。

ライトアップされた夜の屋内プールで、作戦は開始された。

「じゃあ、泳ぎます」

初めて屋内プールに入った慈雨は、生ぬるくて塩素臭い水にやや辟易《へきえき》しながら、5レーンを泳ぐ。

スタート側から泳ぎ始め、ゆるめのクロールで進んだ。

逆三角形の見事な体軀《たいく》を誇る久地が、4レーンのスタート側で水に浸かっていた。

肝心のルカは、4レーンのゴール側、背泳用フラッグロープの真下で待機している。

全コース水深一五〇センチなので、背の高い二人は首から上が出ている状態で、慈雨だけが水に顔をつけていた。

——学園のマーメイドって……夜神を始め何人かにいわれたし……小柄な美少年が襲われる

なら、この役目、どう考えても俺が適任。肌色や毛色で嫌われさえしなければ……幽霊は必ず来る！

水中に見える久地の体を横目に、慈雨はゴール側に泳いでいく。

あえてゆっくり泳いだが、それでもすぐにルカの横まで行ってしまった。

ルカももちろん水着だが、除霊に使うため、首から黄金のロザリオを下げている。

——先輩は霊の視線を感じたっていってたけど、俺には全然……。

なにも起きないままゴールに到達した慈雨は、人間的スピードを意識してターンする。

そしてまた二十五メートル泳いでスタート側に戻ったが、なにも異常はなかった。

久地の横でターンし、ふたたびルカのいるゴール側に向かう。

またなにもないまま半分ほど来たところで、異変が起きた。

——あれ？　なんか、水が冷たい？

慈雨は水を凍らせることができるため、まずは自分を疑う。

緊張してうっかり力を使い、プールの水をシャーベット状にしてしまったら大変だ。

幼い頃にそういうトラブルを起こしており、いささかトラウマになっていた。

——冷たい……けど、違う……俺の力じゃない！

確信したとき、水色の槽内塗装に黒いものが浮かび上がる。

それは慈雨の泳ぎにぴたりとついてきて、音もなく広がっていった。

黒い靄というよりは、もっとべったりとしていて存在感がある。

まるで水底《みなそこ》を黒いクレヨンで塗りつぶしたような黒だ。

——手が……！

濃密な暗黒から、二本の黒い手が伸びてくる。

うわっ——と思ったときには両足首をつかまれ、鮫《さめ》に食われるような勢いで水底に引きずり込まれた。

「……う、ぅ！」

「慈雨！」

水の外からルカの声が聞こえる。

そのせいか、こうなった今でも怖くはなかった。

否、悪霊の手が怖いことは怖いが、危険を感じはしなかった。

ただ、今まで襲われた三人が味わった恐怖を、慈雨は今この瞬間に理解する。

水中で呼吸できない人間が……幽霊が出るのを前提としているわけでもなく、普通に泳いでいてこんな目に遭ったら、どれだけ不安で怖いだろう。

きっと息が苦しくて恐ろしくて、一瞬にして死の気配を感じるはずだ。

たとえば自分が、からからに干上がった砂漠の流砂を恐れるように……息ができない状態で底へ底へと引きずり込まれたとしたら……ましてや誰の助けもないなら——。

――なにが目的なんだ？　俺に、なんの用がある？

暴れることなく水底に沈んだ慈雨は、初めて目にした悪霊に問う。

焼死体のような黒い手指に恐れおののきながらも、まばたき一つしなかった。

すると両足首にあった手が急に離れ、顔を両手でぐわりとつかまれる。

足首をつかまれる以上の怪力に、さすがの慈雨も顔をしかめた。

――顔が……っ、鏡みたいに……！

真っ黒な水底に、自分の顔が映って見える。

コールタールが粘度を増して人面を作りだすかのように、手と手の間に顔が生まれた。

『――ちょうだい……その顔、ちょうだい』

少年の声が聞こえてくる。

水の中なのに、そっと囁《ささや》くように乞われた。

慈雨の顔を写し取ったような黒い顔が、たちまち小さく、長細くなる。

それは勢いよく水底から剝がれ、慈雨の口へと飛び込んだ。

ぐぐっ……と、口角や舌の上に圧を感じる。

喉が詰まり、息が苦しくなる。

――う、ぅ……ぐ、ぅ！

水中にいて苦しいなんて、初めての経験だった。

見知らぬなにかが自分の中に入ってきたことが気持ち悪くて、反射的に吐こうとしても吐きだせない。

それはすさまじい力で、慈雨のより深いところに入ろうとしていた。

——先輩！

いつの間にかつぶってしまった目を開けると、求めた救いがそこにある。

ゆらりと揺れる黒髪が、後ろに流れて額が露《あら》わになっていた。

ルカだ。いつもと違う、険しい表情のルカがいる。

「う、ぐ……っ！」

ルカの唇が迫り、黒いものに圧迫された唇を塞がれた。

まるで深いキスでもするように思いきり食《は》まれて、なにかをがぶりと齧《かじ》られる。

舌を噛《か》まれて引っこ抜かれる錯覚があったが、そうではなかった。

一気に離れたルカは、黒いものを歯でくわえている。

ずるずるずるる……と、喉奥まで届いていた圧を引っぱられた。

吐きたくても吐けなかった長く黒いものが——端から端まで全部、口から引きずり出される。

——う、ぐ……気持ち……悪……っ！

黒いものの末端をくわえたルカは、水の中で十字を切る。

ロザリオの十字架を左手に当てながら、太い蛇のような闇をつかんだ。

もだえるそれを両手で鷲《わし》づかみにし、なにか唱えるように口を開く。
息があふれるばかりだったが、おそらくなにか唱えているのだ。
——先輩……！
次の瞬間、十字架から青い火花が散る。
バチバチと音を聞いた気がした。
その様は、まるで水中花火だ。
——青い、火が……悪霊が、燃える！
闇はもだえ苦しみ、人の形に戻ることなく焼失する。
水の中にもかかわらず確かに炎が見え、黒いものは消滅した。
でも終わったわけではない。
代わりに白くぼんやりしたものが見えてくる。
——白い……幽霊？　溺れて死んだ子、か？
水中に現れたのは、なんとも愛らしい顔をした中学生くらいの少年だった。
漆黒の闇のような黒さはどこにもなくなり、白く、安らかな表情をしている。
ルカの炎に炙《あぶ》られて正気に返ったかのように、そのまま靄となって水に溶けた。
「——慈雨！」
水から顔を出したルカに呼ばれ、慈雨もあわてて顔を出す。

喉に違和感が残っていて苦しく、ゴホゴホと咳《せき》が止まらなくなった。

目の前にはルカ、すぐ後ろには体育教師の久地が来ている。

プールサイドでは宗教倫理の小田島が、「大丈夫か⁉」と叫んでいた。

「……っ、は……ぃ」

「慈雨っ、慈雨……大丈夫か⁉　息できるか⁉」

ルカに背中を抱かれ、奇妙な心地だった。

溺れたわけじゃないといいわけしたいけれど、そんなことよりも衝撃が大きい。

竜人でもないのに異能力を持ち、十字架から……おそらくは、十字架を媒介として自身から炎を出したルカの顔を、咳《せ》き込みながらもひたすら見つめてしまう。

──学園のエクソシスト……この人……ルカ先輩は、本物だ……！

心配する三人が作りだす安否確認の喧噪《けんそう》の中で、慈雨は興奮に胸をふくらませる。

悪霊を初めて見た恐怖心よりも、水の中で溺れるように苦しんだ屈辱よりもずっと、ルカが異能力者であったよろこびのほうが大きかった。

除霊チームの一員として貢献できておおむね満足していた慈雨を余所《よそ》に、ルカは慈雨を囮に使ったことをくやんでいる様子だった。

悪霊が形態を変えて慈雨の口に飛び込むのが想定外に速く、対処が遅れたことに責任を感じ、独りベッドに突っ伏している。

もちろん除霊の疲れもあるのだろう。

「もっと褒めてくれてもよくないですか？」

ルカの異能力を散々褒め千切った慈雨は、自分が褒められる番が一向に来ないことに不満を募らせる。

制服姿でうつ伏せになっているルカの横で、自分もベッドにダイブした。

「いっておきますけど、俺、溺れてませんからね。先輩がそんなに責任感じることないですよ。喉の奥まで黒いのが突っ込んできて、オエッとなってむせただけですから」

「――あそこまで直接的な攻撃を受けさせるつもりじゃなかった。出遅れたんだ。本当は……俺も水に潜って水底の変化に注意するべきだった。水から顔を出してたせいで反応が遅れて、慈雨を危険な目に遭わせた」

枕に向かって深い溜め息をつくルカを、慈雨は「大丈夫ですって」となぐさめる。

疲労をいたわるつもりで腰に触れると、筋肉の弾力が手のひらに返ってきた。

そのまま腰を揉《も》んであげたかったが、「それ、くすぐったいから」と断られる。

両親の腰を時々揉んであげてよろこばれたのが懐かしかったのだが、ルカには気恥ずかしいことのようだった。

「慈雨は十分よくやってくれたよ。本当にありがとう、感謝してる」

「ほんとですか？　本気で感謝してます？」

「してるよ。亡くなった桜井くんの霊にとって、慈雨はこれまでの三人とは違ったんだと思う。もっとも憑依《ひょうい》したい美少年だったんだ。だから、一気に本気を出してきた」

そのスピードについて行けずに出遅れた——といわんばかりの顔をしているルカに、慈雨は「俺は本当に大丈夫ですから」と再度主張する。

「結果的に上手くいったんだし、落ち込むことないじゃないですか」

「——うん、まあ……」

ルカはベッドからむくりと起き上がり、少し疲れた様子で前髪を掻き上げた。

まだ髪が湿っている。

夕食もまだなのだが、なにも食べたくないらしい。

若干の疲労感が妙に艶っぽく、ほほ笑みの貴公子とは、一味違う印象を受けた。

「亡くなった中学生、先輩のおかげで成仏できたんですよね？」

「うん、成仏じゃなくて帰天と呼ぶんだけど、似たようなものだよ」

「それならいいじゃないですか、なんでそんなに暗い感じになってるんですか？　まさか俺とキスしちゃったからとかじゃないですよね？」

「違うよ、そんなわけないだろ」

「じゃあなんでそんなに沈んでるんですか?」

「死者の思考に触れたから」

「……え?」

思いがけない返事に、慈雨は目をぱちくりとさせる。

恐竜同士の血なまぐさいバトルを見て育ってきた慈雨にとって、見ず知らずの人間が溺れて死んだという事実——それも、自分が入学する一年前の出来事となるとさほど大きなものではなかったが、ルカにとっては違うのだ。

ルカが異能力者であったことがうれしくてすっかり舞い上がってしまい、忘れていた。

ルカは、下級生の桜井少年が死亡したのをリアルタイムで知っている。

そのうえ死者の霊に触れ、思考を読み、帰天させたのだ。

「桜井くんって人、すごい可愛い人でしたね……華やかな感じで」

桜井少年の死を悼むルカに合わせようとした慈雨は、帰天する前に見た彼の安らかな表情を思い返す。

今思いだしてみても、本当に愛らしい少年だった。

なぜ美少年を襲ったのかわからないくらい、彼自身がとても綺麗だったのだ。

あれだけ可愛ければ、まさに男子校の姫だっただろう。モテてしかたなかったはずだ。

生きていれば同じ学年なんだよな……と思うと、慈雨の気持ちも少しずつ沈んでくる。

「桜井くんは、あまり目立たない生徒だったんだ。かわいそうにニキビがひどくて……すごく悩んでいたらしい。月に一度は本土の皮膚科に通ってたと聞いてるよ」

「……え？」

「慈雨は、これまでに霊を見たことはある？」

「いや、ないです。今回が初めてです」

息苦しく思ったのか、ルカはシャツのボタンをさらに一つ外した。

水中で燃えた黄金のロザリオの鎖が、くっきりとした鎖骨のラインをなぞっている。

「たとえば、交通事故で遺体の損傷が激しかった人の霊が出たとする。映画や漫画なんかだと、損傷した血まみれの姿で登場したりするけど、実際は違うんだ。ほとんどの霊は、あやふやな白い靄か……あるいは、自分自身がイメージする姿で出てくる」

「自分自身がイメージする姿？」

「そう、事故のときの服を着ているとも限らず、一番よく着ていた服や自分らしい恰好《かっこう》をして、もちろん足もある姿で出てくる。大抵は自分を美化するもので……ディテールは曖昧になる。たとえば気に入らなかったホクロとか、肌のシミやニキビなんて再現しない」

「──それって、つまり、桜井くんは……」

「おそらく美に対して強烈な執念があったんだと思う。現実とは乖離《かいり》した別人の……とびきり美しい少年の姿で出てきた。一瞬しか見られなかったけど、慈雨にかなり似てた」

「俺の顔は、桜井くんの理想に近かったってことですか？」

ルカは「たぶん」とうなずいて、また前髪を掻き上げる。

話の続きをするか迷っているような、落ち着かない間があった。

慈雨は逡巡するルカの脚に触れて揺さぶりたい気持ちをこらえ、じっと待つ。

ルカは今、死者の思考を頭の中で整理していて、それは急《せ》かしてはいけない気がした。

「桜井くんは水泳が苦手で、亡くなったときは制服姿だったんだ」

「……え？　なんで制服のままプールに近づいたんですか？」

「それは今でもわかってない。当時はプールに監視カメラもついてなかったし、事情を知っている生徒はいなかった。少なくとも、知っていると申し出た生徒はいなかったんだ」

「──っ、ほんとは違ったんですか？」

自分のベッドの上で身を乗りだした慈雨に、ルカは黙ってうなずく。

頭の中の整理が終わり、慈雨にすべてを話す用意ができたようだった。

顔つきがすっと変わった。

形のよい眉が少しゆがむ。

いつも優しい黒い瞳が、怒りを含んで見えた。

「桜井くんは、水泳部の五年生にずっとあこがれをいだいていて、思いきって告白したんだ。プールに彼しかいないときに制服姿で近づいて、『好きです』と伝えた」

「そ、それでどうしたんですかっ？」

「相手の男は嗤《わら》って、『高望みは駄目だろ、鏡を見ろよ』と……そういった」

「――ッ」

耳を疑うようなセリフに、慈雨はがばりと立ち上がる。

バケツで水をかけられたような勢いで、感情が怒り一色に染まっていた。

ルカの話を待っていられず、「そいつ！　名前なんていうんですか⁉」と声を荒らげずにはいられない。

「元水泳部の水越司《みずこしつかさ》、今は六年生だ」

「ぶっ飛ばしてやりましょう！」

大声を張り上げた慈雨に、ルカは「しっ」と唇の前に指を立てる。

元々がラグジュアリーホテルなので壁は薄くないが、さすがに怒鳴れば隣に聞こえるだろう。

慈雨は反省してボリュームを下げ、「今からそいつんとこ行きましょう。締めてやらないと俺の気が済みません」とすごんだ。

「落ち着いて、とりあえず座って」

ルカに肘をつかまれた慈雨は、しぶしぶベッドに腰かける。

体の真ん中で、真っ赤な炎が燃えているようだった。

憤りのあまり心臓がバクバクと鳴っている。

「霊がどこに出現するかは霊次第なんだけど、桜井くんの場合は、水越さんに憑くのではなく亡くなった場所に憑いて、理想の顔と体を求めた。たぶんこの一年の間に少しずつ悪霊化して、亡くなったのと同じ季節に動きだしたんだと思う」

「俺の体を乗っ取って、水越に復讐《ふくしゅう》するつもりだったんですか？」

「そうじゃないんだ。桜井くんは、とにかくどうしても美しい姿を手に入れたかった。それでなにがしたいって思考はなかった。とにかく綺麗になりたかったんだ。容姿のことでそれだけ悩んでいて、傷ついたってことだと思う」

「美少年になったって、なにもしなきゃ意味ないじゃないですか」

なぜそこで復讐に走らないのか――慈雨にはとても理解できず、桜井に対しても腹が立つ。仮にも被害に遭った立場なので、自分の体の使用法については意見したいところだった。理想の美少年になったのなら、水越を誘惑して同じくらいひどい言葉で傷つけて、捨てて、ルカのような最上級の美男に乗り換えるなどしてほしい。

「綺麗になって、水越さんに再告白する考えじゃなかったのは、よかったと思ったよ」

「それはそうですけど、悪霊にまでなったなら、復讐とか考えてほしかったです」

「慈雨は過激だな」

「俺は狙われた立場だし、自分の体の使い道にはうるさくもなりますよ」

「うん……」

「ところで俺、六年生は誰が誰だか全然わかんないんですけど、水越ってどんな人ですか？　発言からして見た目だけは相当いいんですよね？」

「そうだな……かなり恰好いい人だよ。さっき手伝ってくれた久地先生みたいに、逆三角形で肩幅ががっしり広くて、下級生のあこがれだと思う。それに推薦を狙ってるらしくて、すごく品行方正で成績優秀。面倒見のいい人って印象がある」

「ええぇぇ？　イメージと全然違うんですけど」

不満を募らせる慈雨に、ルカは「そうだね」と苦い顔をする。

「水越さんは、去年まで副寮監を務めてたんだ」

「先輩と一緒じゃないですか」

「うん、引き継ぎのときにいろいろ話したんだけど、普通に親切だった。『推薦狙いで副寮監やってた』なんて発言はあったけど……でもあんな振り方する人だとは思わなかった」

「そりゃ、自分より上だと思う人への態度と、下だと思う人への態度は違うでしょ」

誰に対しても親切で優しく、いつもニコニコしているルカは、返事に困った様子で重らかな溜め息をつく。水越に対しては、ひたすら失望している様子だった。

「桜井くんの思考を読んだ中で、気になることがあって」

そう切りだしたルカは、なにか覚悟を決めたように顔を上げる。

慈雨の目をまっすぐに見て、「振られて終わりじゃなかったんだ」と告げた。

「どういうことですか？」

「ひどい言葉で振られたあと、桜井くんは水越さんに突き飛ばされてプールに落ちた。さらに首を絞められ、ひどく苦しい思いをして命を落とした」

「――っ、殺人じゃないですか！」

また「しっ」と静粛をうながされた慈雨は、あわてて自分の口を塞ぐ。

それでも気持ちの勢いは止められず、ベッドに座っているのがもどかしくなった。

「それ、完全に殺人じゃないですか」

「事実であれば殺人だけど、まず間違いなく事実じゃない」

「……え？」

「霊のビジュアルが理想や思い込みによって変化するように、記憶だって変化するんだ。霊といっても人間だからね……死者と生者の主張が食い違うことはある。自分に都合のいいように記憶を改竄《かいざん》し、一方的に恨みを募らせる……なんてこともあり得るんだ」

「――っ、そんな……」

ルカの言葉に、慈雨はおどろきのあまり言葉をなくす。

水越を悪人として捉えているせいもあるが、そもそも生者より死者の主張のほうが絶対的に正しいと思い込んでいた。

「もちろん俺は、桜井くんが故意に事実をねじ曲げたとは思ってない」

「……はい」

「ただ、振られたショックや水に落ちたときの苦しさから、『水越先輩に突き落とされ、首を絞められて殺される』とイメージしてしまった可能性はあると思う」

「イメージが……記憶として残ってるって、ことですね？」

「うん。実際に首を絞められたなら、遺体に痕跡が残るはずだしね。それに普通は抵抗して、相手の皮膚を掻きむしったりするだろう？」

「確かに……」

「告白の時点で、水越さんは水着姿だったんだ。桜井くんの首を絞めたら反撃されてどこかに傷がついて、その証拠が被害者の爪に残ると思う」

　確かにそうだと思うと、慈雨は空恐ろしいものを感じる。

　ルカのいう通り、故意ではなく悪意もなく、ただその瞬間のイメージで殺されたと認識しているのだとしたら、死んだ桜井がいっそう気の毒に思えた。

「先輩の見立てでは、事故なんですか？」

　そうなのだろうと思って訊いた慈雨に、ルカは黙って首をひねる。

　イエスともノーとも取れるが、ノーに近い印象の仕草の答えは「わからない」だった。

「振られたところまでは事実だとして、その先は……どこまでが事実かわからないんだ」

「突き飛ばすところまでは事実かもしれませんよね？　それなら物証は残らないし」

「そうだな……でも、さっきもいった通り水越さんは推薦を狙ってるような人だ。誰もいない状況で本性を現して、ひどい言葉で傷つけたとしても……そのあと相手を突き飛ばしたりするだろうか……って考えると、しない気がする」

「いやっ、したんですよ！」

また声を荒らげた慈雨は、自分で気づいて「すみません」と声量を控える。

最低な男である水越が罪に問われないと思うと腹が立ってしかたがなくて……いっそのこと、突き飛ばしたところまでは事実であってほしかった。

言葉で傷つけただけでは罪にならないのだと思うと、どうしても納得がいかない。

「浅いプールだし、泳げる水越からしたら軽いおふざけだったのかも」

「相手が水着を着てたなら……ふざけて押すこともあるかもしれないけど、制服姿なのに突き飛ばすとは考えにくい」

「いえ、やったんですよ。奴はそれくらいやる人間なんですよ」

「そうだとしても、溺れてるところを見たらさすがに助けないか？」

「気づく前にさっさとシャワー室に行っちゃったのかも」

「その可能性も捨てきれないけど、もしそれが事実だとしても証明する方法はないし、俺にはなにもできない」

「なにもって」

「だってそうだろ？　霊の証言は主観的なうえに、そもそも証拠にならないから」

「——でも、人が一人死んでるんですよ」

「それでもなにもできない」

きっぱりと断言されて、目の前でシャッターをガラガラと下ろされた気分だった。

あれほどの力がありながら、どうにかしてやれないのかと思う。

いったい、なんのための異能力なのかと思う。

そんなことはいえないけれど、ルカにもっと動いてほしかった。

自分と一緒にもっと怒って本気になって、どんな形でもいいから水越に復讐してほしい。

「先輩は、それでいいんですか？」

「——……」

「いいんですよね、やることやりましたもんね」

「慈雨……」

むすりと不機嫌になっているのを自覚しながら、慈雨はルカをにらみつける。

学園のエクソシストという立場のルカがなにを考えているのか、よくわからなかった。

自分の力に無力感を覚えたりしないのだろうかと思うけれど、実際のところ彼は悪霊化した桜井を帰天させたわけで……除霊という形で桜井の魂をなぐさめたのだ。

そう考えれば十分なのかもしれない。

ルカはそう思っているのかもしれない。

自分は、ルカに望みすぎなのだろうか——。

「先輩のいい分は、一応わかりました」

「……うん」

「俺、腹減ったんで食堂行ってきます。先輩はどうしますか?」

「俺はいいや、今夜はなにも食べたくないから」

「そうですか、じゃあ行ってきます」

これ以上一緒にいると衝突しかねないと思った慈雨は、独りで部屋をあとにした。

当たり前だが、死んだ桜井のことよりもルカのほうが大切だ。

桜井のことでルカと衝突するなんて、そんな馬鹿なことはないと思っている。

だから一旦離れることにした。

自分には冷静になるための時間が必要だ。

——先輩が異能力者だとわかったからって、「俺もそうです、一緒です」っていうわけにはいかないけど、俺も異能力者なんだし……まずはやれるだけのことをやってからだな。

エレベーターに乗った慈雨は、一階のボタンをぐっと強めに押す。

ルカは霊の主観しか見られず、その場で起きた事実を客観視する術《すべ》がないようだが、自分は違う。

むしろ物事を第三者的な立場からしか見られない、特殊な能力を持っている。

――一年前の出来事じゃまず無理だけど、一応やってみよう。それと、確実にできることもやってみる。俺が見たところで証拠にならないのは同じだけど……。

意を決した慈雨は、力を使う前にきちんと食べることにした。

情報収集も必要だったので、迷わず一階の食堂に向かう。

クラスメイトの夜神が、入り口付近の席に座っていた。

「お、竜嵜、今日は遅いんだな……あれ、ルカ様は？」

「ん――……」

寮では上級生とすごすことが多い慈雨は、夜神をスルーして寮監の笠原《かさはら》を捜す。

きょろきょろしていると、「ルカ様いないなら俺たちと食おうぜ」と誘われたが、「わりー、笠原さんに用があって」と断った。

夜神は唇を尖《とが》らせて不満を示し、「上級生のアイドルめ」と憎まれ口を叩く。

「うっせー」と返しつつ笠原を見つけると、ほぼ同時に向こうも気づき、手を振られた。

「慈雨、どうした？　ルカは？」

カチューシャのせいでライオン風に見える髪型の笠原の正面には、真面目メガネの副寮監、村上《むらかみ》が座っている。

いわゆるスクールカーストの上位組で、他にも目立つ五年生が同じテーブルにいた。

「ルカ先輩、食欲ないそうです。なので独りで来ちゃいました」

「え、そうなんだ？　なに、調子悪いって？」

「や、そういうんじゃないんで大丈夫です」

「そっか、とりあえずどっか座れよ」

「はい、お邪魔します」

「慈雨が独りなんてめずらしいよな」

いつの間にか苗字《みようじ》ではなく名前で呼ばれることが多くなった慈雨は、笠原の隣に座っていた五年生から、「ここいいぜ、俺もう行くから」と席を譲られる。

ビュッフェなので座席取りのハンカチを置き、プレートを取りに向かった。

何種類もある皿の中から大きい平皿を選んで、湯気を立てるオムレツをそっと載せる。

オムレツは朝夕だいたい用意されていて、プレーンだったり具入りだったりと様々だ。

今夜は、沼津《ぬまづ》港で水揚げされた旬の桜海老《えび》と、ホウレンソウとチーズのオムレツだった。

その周りに、白身魚のフライや温野菜のソテーを載せ、シャルキュトリーのコーナーからはウィンナーと数種類のハムを取る。

皿をいっぱいにしたあとは一旦テーブルに置きに行き、最後にパンプキンスープと烏龍《ウーロン》茶を用意した。

席に着いて黙々と食べながら、笠原たちの話に耳をかたむける。

彼らは食後のコーヒータイムだったので、「あー、チーズケーキもうなかったわ」「うっそ、マジ？」「あれは先に取っとかないと駄目っしょ」「コーヒーゼリーは？」「それはある」と、スイーツの話をしていた。

つい先ほど屋内プールで除霊が行われたことなど、当然まったく知りもしない。

幽霊騒ぎがあったとはいえ今回の件は一部の生徒しか知らない話で、除霊が行われたことに関しても、被害に遭って怯《おび》えている生徒以外には話さないことになっていた。

ルカや慈雨の献身はほとんど知られることなく、学園の平和は保たれ、屋内プールは明日も通常通り開放されるというわけだ。

――ルカ先輩には学園のエクソシストって二つ名があるくらいだし、先生たちも当たり前に頼ってた。これまでも活躍してきて、有名なんだよな？

慈雨は上級生たちの他愛ない話を聞きながら、なにを聞きだそうか考える。

割って入るタイミングを計るより先に、質問の内容をまとめなければならなかった。

ルカについてもいろいろと興味があるが、それは本人に聞けば済む話で……今必要なのは元水泳部の水越司の情報だ。

「笠原さん、六年生の水越さんって知ってます？」

「水越さん？　もちろん知ってるよ、元副寮監だし」

水越さんがどうかしたのか――と訊くような視線に、慈雨は可愛さを意識した笑顔を作る。

「元水泳部で逆三角形で、泳力すごいって聞いたんで」

「え、そんなん誰に聞いたん？」

「久地先生がいってたんです」

「で、なに？　興味持っちゃったわけ？」

「んー、ちょっとだけ」

「うわー……やめとけって、慈雨が迫ったら水越さん、なんも手につかなくなるって」

笑う笠原に続いて、村上も「ほんとやめたげて、受験生だから」とけらけら笑った。

真面目メガネの村上もこんなふうに笑うんだなと意外に思っていると、他の五年生たちも「魔性の美少年マジ怖い」「大学落ちるって」「マーメイドってーかセイレーンになってる」と両手を叩いてウケている。

「迫るつもりは全然ないんですけど、水泳対決？　挑んでみたくて」

「いやー、それでもあっちはその気になるよ、絶対なる」

「……ですかね？」

「お前は自分が美少年だってこと、もっと自覚すべきだな」

「えー、十分自覚してるつもりなんですけど」

「足りない足りない、上目遣いやばいからっ」

水越司の部屋番号を知りたかった慈雨は、自然な流れで訊きだすのはむずかしいな……と、あきらめかける。

リストを持っているのは教職員と寮監と副寮監だけなので、知るには一手間必要だった。ルカに訊けば「なにをする気なんだ？」と確実に問われるし、部屋番号が個人情報の一つのように扱われている以上、教職員も簡単には教えてくれないだろう。

——しかたない、表札見て回るか……。

部屋を知る手段がないわけではなく、六年生のフロアを端から端まで見て回れば済む。三階、四階、五階に散っているうえに、用もなく他学年のフロアにいるところを見つかると厄介だが、もし見咎《みとが》められたら「転校生なのでよくわからなくてー」と、それこそ上目遣いでいい逃れればいいだろう。

「慈雨、マジでいうけど……もし水越さんとこ行くなら、一人では絶対行くなよ。ほんとに勘違いされるから。行くならルカと行くように」

「ルカ先輩と？」

「ルームメイトだってこと強調するんだよ。ルカに敵うなんてだーれも思わないから、勘違いされずに済むだろ？」

「なるほど」

「部屋は五階の左手一番奥。行くなら今くらいが一番いいかな？」

「……っ、ありがとうございます！　行かないけど」

「行かないんかいっ」

「行きませーん」

慈雨は「なんか怖くなってきたし」と、肩をすくめて舌を出す。

五年生たちは「そうそう、やめとけやめとけ」とほっとした様子を見せた。

笠原が顔を近づけてきて、「あの人わりと肉食だからさ、心配なのよ」と囁いてくる。

慈雨はうんうんとうなずき、上級生のいうことを聞く、いい後輩の振りをした。


食堂を出たあと、慈雨は笠原たちと一緒に十階に戻る。

自分の部屋に帰るように見せかけてふたたびエレベーターホールに向かい、二階で降りた。

慣れ親しんだいつものルートを進み、一階のプールに続く階段を下りる。

更衣室とシャワー室を通り、海水で満たされた屋外プールに出た。

本能的に浸かりたくなるが、その気持ちを抑えて制服姿のままプールに近づく。

薄暗いプールからは、寮の部屋の窓が無数に見えた。

水越の部屋が右手奥だったらここからは見えないが、幸い左手奥は近くて見やすい。

——さてと、とりあえずちょっと覗《のぞ》いてみますか。

慈雨はプールサイドに膝をつき、海水に両手をつけた。

力は使わず、人間がそうするように水を一杯掬《すく》い上げる。

それをプールサイドに垂らし、小さな水たまりを作った。

満月を二日後に控えた丸めの月が、いい具合に水面を光らせる。

——五階の奥の部屋……あの部屋の中……。

膝をついたまま水越の部屋の窓を見上げた慈雨は、水たまりに五本の指をぴたりとつけた。

深呼吸して精神統一しながら、「水鏡のじゅーつ」と小さくつぶやく。

慈雨が幼い頃から持っている力で、水竜人の間では水鏡の術と呼ばれている異能力だ。

狙った場所に存在する水を通して、千里眼が可能になる。

いわゆる覗き見ができるのだ。

——あった……黒っぽいから、コーラかな？

石の上の水たまりに映しだされたのは、水越司のベッドだった。

サイドボードにペットボトル入りのコーラと思《おぼ》しきものがあり、おかげでよく見える。

こげ茶色のフィルターをかけたような色ではあったが、十分だった。

——あらら、お取り込み中でしたか……。

この術を使うたびに、そういうシーンもあり得るかも——と思っているのでおどろかないが、
水越はベッドに仰向《あおむ》けに寝て写真集を開き、しこしこと性器を扱《しご》いている最中だった。

——うっわー……巨乳のお姉さんならともかく、幼女系じゃん！

水越が興奮しながら見ている写真集は、スクール水着を着た小学生アイドルのものだった。

慈雨にはこれっぽっちも理解できない趣味で、どうしたって嫌悪感が募る。

性器や卑猥《ひわい》な手つきに、うえっと気持ちが悪くなってしまった。

——コーラの蓋、しまってないな……ラッキー！

長々と覗き見するつもりはなく、慈雨は水鏡の術を解くことにする。

しかしその前に、少しだけいやがらせをすることにした。

——これだけ距離あるとちょい微妙だけど、たぶんできる……俺ならできる！　せーの……

スプラーッシュ！

遠隔でコーラに集中した慈雨は、水分を操ってボトルの口からすべてを噴きださせる。

水鏡は崩れてこちらの水たまりにはなにも映らなくなったが、それはすなわち、作戦成功を意味していた。

きっと今頃、振り回してもいないコーラがいきなり噴きだして顔や写真集にかかり、水越はびっくり仰天しているだろう。

「ザマーミロ変態っ」

月夜に独り笑った慈雨は、大手を振って屋外プールをあとにした。

人柄調査のつもりだったが見るまでもなく予想通りで……むしろ予想以上にひどかったので、ある意味では満足している。

──さてと、これからが本番。まあ無理だろうけど……。

照明が消された屋内プールに足を踏み入れた慈雨は、水には入らずに5レーンに向かう。力を使うと目が青く光ってしまうため、周囲に人がいないか確かめた。

月明かりの下ならともかく、非常口ランプだけの屋内プールでは確実に目立つだろう。人気《ひとけ》がないことを確認した慈雨はプールサイドに膝をつき、今度は右手だけを水につけた。

波がなくとも揺らめく水面を、手のひらでゆっくりと撫《な》でる。

外の海水とは大違いに、いささか生ぬるい水だ。

──成功しますように……サイコメトリー！

たっぷりとした水圧を感じながら、気持ちを集中させる。

水の記憶を読むために瞼《まぶた》を閉じ、浮かび上がるイメージを追った。

学校のプールの水替えは平均的に三ヵ月に一回ほどで、一年前の映像など残っているわけはないけれど、それでもやらずにはいられない。

──先輩にばかりあれやれこれやれっていうのは、ちょっと違うからな……俺は俺にできることを、やるだけやってみないと……。

客観的な水の記憶を求めて、慈雨はサイコメトリーを続ける。

なるべく古いものを探ったが、見えてくるのは新しい映像ばかりだった。

つい先ほどの自分たちの姿が見える。

悪霊の姿こそ映っていなかったが、自分とルカと体育教師の久地が、5レーンのゴール側でばたばたとあわただしくしている姿だ。

さらに集中すると、プールサイドから身を伸ばす宗教倫理の小田島の姿も見えた。

プールで起きた事件が、まるで録画した映像のように再現される。

ルカの霊能力とは違い、慈雨が見られるのは水の記憶だ。

非常に客観的で、まぎれもない事実を映す。

しかしさかのぼることはできなかった。

おそらく水の量が多すぎるのだ。

いくら求めても、古いものを引っ張りだせない。
二、三日前の記憶すら出せなかった。
仮に自分の能力がもっと優れていたとしても、春休みに水替えをしたばかりなら、この水に古い記憶など存在しないのかもしれない。

——駄目か……。

見たかったのは、桜井が死亡する寸前の映像だった。

どのみち証拠にはならないが、それでも事実が明らかになるのは大きい。

慈雨としては、水越が桜井を突き飛ばす瞬間が見たかったが、思うようにはいかなかった。

「無力感、あるなぁ……」

頭が痛くなるまで集中した慈雨は、今夜のおさらいしかできなかったことに肩を落とす。

サイコメトリーは大きくなってから習得した新しい能力で、これほどの水量で試したことは一度もなかった。

――異能力があるからって、なんでもできるわけじゃない。俺は俺で、できることをしたし、先輩は先輩で……生徒に害をもたらす悪霊を退治した。学園のエクソシストとして十分な力を発揮して、死者の魂をなぐさめて成仏……帰天させたんだ。

無力感を覚えることで、ルカの気持ちもわかってくる。

ルカを責め立てるようなことをいわなくて、本当によかったと思った。

とはいえにらみつけたうえに不満をぶつけてしまったので、謝らなければならない。

彼は霊能力を持つエクソシストであって、探偵でも警察でもないのだ。

犯人を特定して捕まえるためには、監視カメラの映像なり物証なり、現実的に確かなものが必要になる。異能力者は万能ではない。

「――慈雨」

薄暗いプールにルカの声が響き、はっとする。

急いで水から手を引いたが、いまさらだった。

サイコメトリー中は瞼を閉じていたので、青く光る目を見られてはいないはずだが……水に片手をつけてじっとしている姿は異様なものだったかもしれない。

「先輩……」

「こんな暗いところでなにやってるんだ？」

シャワー室側から現れたルカの声が、プール全体に反響している。

いくら響いても雑音にはならず、いやな印象がまったくない甘い美声だ。

もちろん責めるような口調でもなかった。どちらかといえば心配している様子だ。

「——ああ、べつに……今日、いろいろあったなぁって思い返してただけです」

立ち上がって答えると、ルカがプールサイドを歩いてくる。

裸足《はだし》で音もなく近づいてきて、5レーンの水面に視線を落とした。

「ついさっき悪霊に襲われた場所なのに、怖くないの？」

「……え？」

「普通、怖くない？　さっきと違って暗いし」

そう問われて初めて、そういえば怖くないな……と思い至る。

悪霊を見たことも襲われたこともなかなか衝撃的で、あのときはそれなりに怖かったのに、今は独りでもまったく怖いと思わなかった。

水のそばだからかな……とも思ったが、そうではない。

「——怖く、ないですね。だってほら、もう幽霊いないじゃないですか。先輩が除霊するのをこの目で確かに見たし、だから全然怖くないです」

しばし考えてから正直に答えると、ルカはおどろいたような顔をした。

そのあとすぐに、ふふとおかしげに笑う。

「変ですかね？」

「いや、変じゃないよ。なんかうれしい」

「うれしい？」

「俺の力を信じてくれてありがとう」

「先輩……」

ふわっと花が開くような笑顔に、慈雨は今もまた見惚《みと》れてしまう。

一日に何回か見惚れるのがお約束になっていて、見飽きるということがまったくなかった。

さすが顔面国宝と認定しただけのことはあると思う。

丁重に扱わなくてはいけない相手だ。

それだけに自分の仕打ちがますますひどく思えて、一刻も早く謝りたくなった。

「みんな、信じてるじゃないですか、先生たちも当たり前に受け入れてて」

「ありがたいことに、今はそうだね」

「昔は違ったんですか？」

「うん、子供の頃はね……余計なこといっちゃったりして、気味悪がられてた」

「ああ……それで不登校になって一学年遅れた、とかですか？」

「それもあるかな、それだけじゃないけど」

哀愁漂う表情がこれまた美しくて、子供だったルカにつれなくした過去の人間を片っ端からぶちのめしたくなった。

なにがあったのか全部聞いて、誰よりも理解を示したいし、守ってあげたい。

なにしろお互い異能力者だ。竜人と人間という差はあっても、通じるものが確かにある。

もし今……なんでも訊いてよくて、なんでも打ち明けていいのなら、あれこれ全部訊いて、自分のこともあけすけに話してしまいたかった。

嫌われたくないからほじくらずに黙って待つ聞き手に回るけれど、本当はもっといろいろと知りたい。話したい。

ルカにとって、もっと特別な存在になりたい。

「子供って、自分より優れてる相手を素直に認められないとこあるから。子供に限らずだけど、ほんとは嫉妬してるくせに認められない人間は、一定数いると思います」

「そうなのかな？」

「そうですよ」

竜泉学院で味わった過去の屈辱を思いだしながら、慈雨はルカの気持ちに寄り添う。

竜人の世界では、大きく強い恐竜に変容できる者が優位で、通常はその恐竜の影を背負って生きている。

影がなく恐竜に変容することもできない慈雨は、一般的な竜人を遥《はる》かに上回る異能力を持ち、表向きは持て囃《はや》されながらも、いつも疎外感を覚えてきた。「恐竜に変容するまでもなく強い力を使えるなんて、慈雨様は超進化種ですね」なんて持ち上げられることもよくあったが……本気で褒められていると思ったことは一度もない。

恐竜になれない竜人というのは、それだけ異質なのだ。

「先輩……さっき、不貞腐れていやなことといって、すみませんでした」

「ううん、慈雨は悪くないよ」

ルカは普段と変わらない表情で、慈雨の肘にぽんと触れる。

仲直りの合図のように、慈雨はルカの腕に手指を絡めた。

恋人でもない男同士でおかしいかなとも思ったが、両親がよくそうやって歩いているので、同じように腕を組む。

ルカはいやがることも恥ずかしがることもなく、そのままプールのほうを向いた。

ふたたび5レーンの水面を見下ろしながら、重々しく唇を開く。

「桜井くんと水越さんは、この辺りに立っていたんだ」

「……告白したときですか？」

「うん」

ルカは慈雨が回した手に触れて、指を手のひらで包み込んだ。

「下級生にひどいことするよね」と、怒りの感情を覗かせる。

「桜井くんを突き飛ばしたことは事実ではないかもしれないし、そう考えると……俺が余計な口出しをするべきじゃないって思った。騒ぎ立てて水越さんの人生を狂わせてしまったらいけないとも思った。でも、違うよな?」

「先輩……」

「あんな振り方をしただけでも十分罪だし、水に落ちたのが事故や自殺だったとしても、死の直前まで桜井くんと一緒にいたのは事実だと思う。それは水越さんに確かめるべきだし、警察沙汰にするべきことだ」

「そうですよ、その通りですよっ」

「うん……それに、親愛を大切にする聖ラファエルの校風に反する人間が、学校推薦を受けていい大学に行くなんて、間違ってると思う」

「せんぱーい!」

声を上げて破顔した慈雨を見て、ルカはこくりとうなずく。

慈雨の指を包み込んだまま、「水越さんを問い詰めよう」と、そういった。

「先輩……ルカ先輩、俺……先輩のことすごい好き」

「そう? ありがとう」

「うん、最高に好き!」

ルカの腕にぎゅっと抱きついた慈雨は、思わずうれし泣きしそうになる。

水越の人柄調査の結果も出ているだけに、ためらいは微塵もなく、万歳をしながらプールに飛び込みたい気分だった。


寮の五階にある部屋を訪ねると、水越司は留守だった。

彼が大浴場に行っていると推測できた慈雨は、「しばらく待ちましょう」と提案した。

今夜中に決着をつけたい思いはルカも同じだったようで、この場で待つことになる。

幸い部屋は廊下の一番奥だ。二人でいても人目につきにくかった。

「……先輩、あの人ですか？」

二分もしないうちに、水越がエレベーターホールから歩いてくる。

「うん、あの人が水越さん」

慈雨が推測した通り水越は湯上がりで、濡れた頭をフェイスタオルで掻き回していた。

見るからに機嫌が悪そうだったが、ルカの顔を見るなり、はっと表情を変える。

「是永……と転校生？　そんなとこでなにやってるんだ？」

元副寮監として訪ねられている、とでも思ったのだろう。水越はすぐさま世話焼きの仮面を被《かぶ》った。

先輩面をして、「どした？　なにかあったのか？」とやわらかい口調で訊いてくる。

慈雨は、「なにかあったのかじゃねーよ！」とつかみかかりたかったが、もちろんこらえて黙っていた。

今の自分は除霊チームの一員であり、付き添いでしかない。

ぐっと我慢して、ルカの詰問を見守る立場だ。

「水越さん、夜分すみません。ちょっとお伺いしたいことがあるので、今からプールまで来てもらえませんか？」

ルカが水越になんというのか予想していなかった慈雨は、直球の誘いを意外に感じた。

ルカのトレードマークのようなほほ笑みはなく、声のトーンも非常に低い。

これではなんの用か察しがついて、ついて来ないのではないかと心配になったが、そもそも誰がなにをいったところで、水越は絶対にプールに近づかない気もした。

元水泳部にもかかわらず、これまで一度だって彼をプールで見かけたことがない。

「なんの話だ？　なんでわざわざプールまで行かなきゃいけないんだ？」

水越の表情と口調は一気に険しいものになり、空気が張り詰める。

ルカはこうなることがわかっていたのか、すっと彼の部屋のドアを見た。

「それなら中に入れてもらえませんか？　立ち話もなんですから」

そう伺いを立てる態度も、いつものルカとはだいぶ違う。

普段のルカはやんわり迫って否をいわせない雰囲気があるが、今の彼には圧があった。

水越は断りたい顔つきだったが、廊下を気にしている様子を見せる。

しぶしぶカードキーを出し、「入れよ」とドアを開けた。

中に入るとすぐにキャビネットがあり、十階の部屋よりだいぶ狭い。とはいえ元はホテルのスイートルームなので、キャビネットのすぐ裏側にはソファーセットがあった。

水越は髪を雑に拭きながら一人掛けソファーに座り、慈雨はルカと並んで二人掛けに座る。

ローテーブルの上には、空っぽのコーラのペットボトルが置いてあった。

底に一滴の水分も残っていないところを見ると、スプラッシュは見事に成功したらしい。

「先々週と先週、それと昨日、屋内プールの5レーンで幽霊が出る騒ぎがありました」

慈雨がペットボトルを見ている間に、ルカは単刀直入に話を切りだす。

「ご存知ですか?」と訊く声は普段の優しさとはほど遠く、侮蔑を含んでいた。

水越はやや被り気味に「知らない」と強い口調で答えたが、明らかに動揺している。

「先生方に頼まれて、先ほど除霊を行いました。ルームメイトの竜嵜に協力してもらって無事除霊できたんですが……その霊……去年亡くなった三年生の桜井くんの霊が、気になることをいっていまして、それで水越さんのところに来ました」

水越はフェイスタオルの端をつかんだまま、身動きができなくなっていた。

ほんのわずかの間に見る見る顔色が悪くなっていき、頬の辺りの筋肉が引き攣っている。

「桜井くんが亡くなったとき、水越さんは直前まで彼と一緒にいましたよね？」

「──ッ」

「貴方《あなた》は桜井くんに告白され、『高望みは駄目だろ、鏡を見ろよ』と……ひどい言葉で振って、嘲笑した。挙げ句の果てに、泳げない彼をプールに突き飛ばしましたね？」

ルカがそういった途端、水越はものすごい勢いでソファーから立ち上がる。

「突き飛ばしてなんかいない！　俺はなにもしてない！」

水越は声を荒らげて否定し、「なんの証拠があっていってるんだ！」とさらに怒鳴った。

「桜井くんの幽霊がそういってたんです」

「はっ、馬鹿馬鹿しい！　幽霊だの除霊だの、当たり前のようにいってんじゃねーよ！　俺はそんな非現実的なもん信じてないからな！」

「信じなくても構いませんが、桜井くんが亡くなる直前まで一緒にいたことを、警察に行って話してください。突き飛ばしてはいないというなら、それも自分の口から説明してください。幽霊の証言は確かになんの証拠にもなりませんから」

「ふざけるな！　なんで警察なんか行かなきゃならねーんだよ！」

「事故であれ自殺であれ、貴方が桜井くんを死なせたからです」

ルカは水越とは対照的に落ち着いた声で、しかし刺すように鋭い視線で水越を射抜く。

慈雨は隣でハラハラしながら、水越がルカを殴ったり胸倉をつかんだりといった暴力に訴えないよう、その動きに神経を尖らせていた。

「水越さんがひどい言葉を浴びせかけなければ、桜井くんは今でも生きていたと思います」

「――っ、違う！　俺は関係ない！」

「関係あるかないかは、警察で話してください。貴方が桜井くんと一緒にいたことを認めない場合は、俺のやり方で……認めざるを得ないようにさせてもらいます」

ルカは淡々といいながらシャツの胸元に手を伸ばし、ボタンを一つ余計に開ける。

そこから黄金のロザリオを引きだすと、手のひらに乗せて水越に見せた。

次の瞬間、ロザリオから火花が散る。

まるで手品かなにかのように、ぼっと青い炎が燃え上がった。

十字架だけではなく、ルカの手のひらから爪の先まで、すべてが炎に包まれる。

「ウァ……ッ！」

水越は声を上げ、顔を引き攣らせたまま一歩下がろうとした。

あまりの勢いにソファーごとガタガタと動かし、後ろにあるキャビネットに寄りかかる。

ルカがなにをするのかわからず緊張するのは慈雨も同じで、人間業ではない現象にごくりと息を詰めた。

「水越さん、俺は自分が祓った霊を呼び戻すことができます。ただ、呼び戻した霊は十中八九、意思のない悪霊になっています」

「悪霊……っ⁉」

「はい。それを誰かに憑かせることもできるんですが、今ここに呼んでもいいですか？」

熱くはないらしい青い炎を大きく燃え上がらせながら、ルカは冷淡な顔で水越を見上げる。

キャビネットにすがりつくようにして怯える水越は、血の気の失《う》せた顔で「ひぃっ」と鈍い悲鳴を上げた。

「悪霊が憑くと、霊障に悩まされることになります。頭痛や吐き気を始め、様々な症状や超常現象に見舞われ、まともに眠れないでしょう。誰かが除霊するまで、それが延々と続きます」

「れ、霊障……っ⁉」

水越は大きな体を縮こまらせながら、ローテーブルの上のペットボトルを見る。

慈雨のいやがらせを霊障の一つだと思い込んだようで、ぞわりと身を震わせた。

これはタイムリー——と密《ひそ》かによろこぶ慈雨を余所に、「やめてくれっ、やめてくれ！」と、心底怯えている。

「さあどうしますか？　桜井くん、もうすぐそこまで来てますよ」

「やめてくれ！　わかった、警察に行く……っ、けど俺は本当に、突き飛ばしたりしてない！　アイツが死んだのは俺のせいじゃないんだ！」

「——あとは小田島先生にお願いするので、知っていることをすべて話してください。悪霊を憑かせるのはいつでもできることを、お忘れなく」

ルカは青い炎の中でロザリオを握り、すうっと炎を鎮火させる。

ほほ笑みの貴公子と呼ばれる彼とは打って変わった冷たい顔で、水越をにらみ据えていた。


宗教倫理の小田島と担任教師に付き添われる形で、水越司はすぐに出頭することになった。突き飛ばしていないと主張している以上、法的にはなんの罪にもならないだろうが……推薦入学の芽を摘むことができるだけでもいいと思うしかなかった。

だいぶ甘い気がしてくやしいが、霊の記憶が正しいとはいい切れないうえに、客観的証拠が存在しないのだからどうしようもない。

「長い一日でしたね」

「そうだな」

興奮冷めやらぬ中、慈雨はベッドにうつ伏せになり、枕をぎゅっと抱き締める。

寝室の奥のベッドには、パジャマ姿のルカがいた。

慈雨は水越の部屋で見た黒ルカにすっかりしびれてしまい、隣に寝る彼にメロメロになっている。

そもそも慈雨は処罰感情が強い性質だ。

最低限これくらいの制裁を加えなければ、水越を許せなかっただろう。

かといって水絡みのいやがらせを続けるのは正体が発覚するリスクがあってよくないため、この結果には一応満足している。

望んでいた推薦を逃すことになる水越には、大いに反省してもらい、一般受験で合格すべく、精々勉学に励んでもらいたいところだ。

「慈雨は、炎を見ても全然引かないんだな」

「……え？　ああ、プールの中でも見たし、そりゃびっくりしましたけど、それよりなによりカッコイイなぁって思って」

「すごいメンタルだな」

「んふふ……」

だって俺の父親は恐竜になるし、弟なんか空を飛ぶし、俺も水を操れますから——とはいえないが、炎くらいでビビらないのは、人外であることと育った環境のせいだ。

これがもし普通の人間だったらあこがれるだけでは済まず、引いたり怖がったり疑ったり、多少はマイナスの反応をしてしまうのかもしれない。

力を隠さずに人間の中で生きている以上、幼い時分のルカには苦労があったのだろう。

一学年遅れたのも納得がいく、際立った異能力者だと思った。

「俺がさっき水越さんにいったこと、あの脅しは……半分嘘なんだ」

「嘘？」

「うん。祓った霊を呼び戻せるっていうのは、嘘。桜井くんの霊は帰天したわけだから、そう簡単に呼び戻すことはできないんだ」

「ああ……なるほど」

「ただ、そこらにいる雑多な霊や悪霊を、誰かに憑かせることはできる。だからあの脅しは、半分嘘で半分本当」

「そうだったんですね」

桜井の霊を呼びだすのではないとしてもルカには確かな攻撃力があり、それは慈雨にとって心躍る事実だった。

竜人の中で育っているので、やはり強い者に惹《ひ》かれる。

悪霊を祓えるというだけで十分すごいが、攻撃力があるのはますますいい。

優美ないつものルカも好きだが、裁きの炎で鉄槌《てっつい》を下すルカは、もっと好きだと思った。

「さすがにちょっと疲れたというか、眠い……明日朝練だから早く寝ないと」

「お疲れ様でした。ほんと、今日はいろいろありましたねぇ」

「ありすぎだよ」

あふ……と小さなあくびをするルカの隣で、慈雨は一日の出来事をしみじみと思い返す。

幽霊なんて存在しない——と思っていた状態から一転、ルカが学園のエクソシストだと知り、悪霊と対峙《たいじ》して除霊に立ち会うという、強烈な体験をしたのだ。

ルームメイトが炎を操る異能力者で、エクソシストだという事実も、自分が水の気によって雑多な霊から守られていることもわかった。

本当に、たった一日で世界を見る目が変わりそうだ。

それにもう一つ、自分の人生の中で大きな出来事があった。

「幽霊もびっくりだったけど、なんか……ファーストキスまでしちゃったし」

「ファーストキス？」

「唇、くっつきましたよね？」

「くっついたね」

「家族とのチューは除いて、初めてでなんでファーストキスです」

「それなら、俺にとってもファーストキスだよ」

さらりと返され、慈雨は抱いていた枕から顔を上げる。

まさかと思いつつ「え、え……マジですか？」と訊くと、少し恥ずかしそうな顔で「うん、マジです」と返された。

「先輩っ、だったらキス、やり直しませんか？」

「やり直す？」

「だってほら、あれってなんか……悪霊を引っこ抜くためっていうか、悪霊の口移しみたいな感じだったし、ファーストキスとして数えるには、なんかあんまりじゃないですか」

思いきって提案した慈雨は、唇を尖らせてキスのやり直しを要求する。

その顔がおかしかったのか、くすくすと笑われてしまった。

「俺も……やり直したいけど、そんなこと迂闊《うかつ》にいったら駄目だよ」

「——ん？」

「キスとかして、好きになっちゃったら困るだろ？」

少し真面目な、すごく好きになってしまいそうな顔でいわれる。

今はもうすっかりいつものルカに戻っていて、首をかしげる仕草には可愛さすらあった。

確かに困る。自分にはすでに好きな人がいるのだから。いくらあきらめるべき恋だとしても、そう簡単に他の誰かを好きになってはいけないのだ。

「うちの学校、同性愛禁止とかではないんだけど……カップルは同室になっちゃ駄目なんだ」

「えっ、じゃあ部屋替えですか？」

「そう、そういうことになる」

初耳のルールにおどろいた慈雨は、しかしすぐに納得する。

カップルが同室では確かにいろいろと不都合だろう。

勉強が手につかないのは間違いない。

「部屋替えは、やです」

「俺もやだよ」

さくっと同じ結論に行き着いたので、慈雨はキスの要求をやめることにする。

一度は尖らせた唇を引き結び、「じゃあもう寝ましょう」と告げた。

「うん、おやすみ。今日はお疲れ様」

「先輩こそお疲れ様でした。おやすみなさい」

恋の予感のようなものを感じて、どうしたらいいのか迷う。

脳裏にいつもいる倖が、心変わりの気配にしょんぼりしている気がした。

実際のところはどうなのだろうか。

他に好きな人ができたといったら、倖は笑って、「よかったねー」というだけなのかもしれない。なにしろ向こうは仲のよい兄としか思っていないうえに、こちらの気持ちなどまったく知らないのだから――。

《三》

目覚まし時計が電子音を立て、慈雨《じう》は眠りの底からのっそりと起き上がる。

目を開けてしばらくはなにも考えていなかったが、不意に夢を見たのを思いだした。

いい夢と、妙な夢を見た気がする。

もしかするとどちらも現実かもしれない。

なんとなくそんな気がする、リアルな夢だった。

いい夢のほうは、ルカに髪を梳《す》かれ、頭を撫《な》でられる夢だ。

いつも可愛《かわい》がられてはいるが、子供のように頭を撫でられたことは一度もない。

他の誰かにやられたら、なめるなよ……と不快に感じるかもしれないが、ルカにやられると気持ちがよくて、いやだなんて少しも思わなかった。

妙な夢のほうは、右手の人差し指の絆創膏《ばんそうこう》をじっと観察される夢だった。

体液に触れるとジェル状に変化し、傷のところが白くふくらんだ状態になるというハイドロコロイドの絆創膏――それがまったく変化していないことを、チェックされた気がする。

──現実……か？　いや、夢だよな？　昨日はいろいろあったし、先輩が異能力者だからといって、俺が人間じゃないってことバラすわけにはいかないし、バレないようにしなきゃって改めて思った。だから妙な夢を見たんだよな？

夢の中で、絆創膏をチェックされて……さらにそっと剝がされたような記憶があった。けれども今、人差し指には絆創膏が巻かれている。

一旦剝がして傷が完治していることを確認してから新しいものを巻き直したのか、それともすべて夢の中の出来事なのか、よくわからない。はっきりと区別がつかない。

──人間じゃないって疑われるようなこと、なにもしてないよな？

プールでサイコメトリーをしているところを見られた可能性はあるが、目を閉じていたので青く光る目は見られていない。

普通に考えれば、水に手を触れていただけで異能力者だとは思わないだろう。

──でも……先輩自身がこっち側の人間なわけだし、水の気で霊を近づけない俺のことを、お仲間だと疑っても不思議じゃないよな？　四月なのに冷たい海水プールに浸《つ》かってるし……人間としては奇行スレスレなことしてるわけだから。

慈雨はきちんとベッドメイクされた奥のベッドを見て、夢と現実の狭間《はざま》を探る。

夢だった気もするが、現実だった気もして……答えが出せなかった。

──いつだって最悪の事態を想定しておけって、パパがいってたな。

この場合の最悪の事態とは、人間ではないことがルカにバレることだ。

自分一人の問題なら、「内緒にしておいてください」で済むかもしれないが、慈雨の秘密は竜人の秘密でもあり、そう簡単に人間に明かしていいものではない。

——傷がすぐ治るってだけでも俺たちには利用価値があって……竜人の存在が発覚したら、人体実験や竜人狩りなんてことになりかねない。個々の力は強くても数では勝てない竜人は、その存在を秘めなくちゃいけないんだ。

慈雨が人外の生き物であることにルカが気づき、一日で完治した切り傷をすでに確認されているとしたら……まずは口止めをして、それから父親の可畏《かい》に報告しなければならない。

わずか二週間でバレるようでは話にならない——と、きっと叱られるだろう。

聖ラファエル学園をすぐに退学させられ、竜泉《りゅうせん》学院に戻されてしまう。

——先輩とも引き離され、自信をなくしてやさぐれた俺は……欲望に逆らえず、倖《こう》ちゃんに手を出して……親を泣かせて家庭崩壊……なんて、あまりにも最悪すぎるシナリオだ。

慈雨はベッドから出て、スリッパを履いて窓に向かう。

ソファーのある居間を通った先に、富士山《ふじさん》と海の見える絶景が広がっていた。

毎朝必ず富士山が見えるとは限らないが、今日はよく見える。

青と白と緑しかない、この景色がとても好きだ。

ルカのことも聖ラファエル学園のことも好きだし、海水に浸かれる日々は捨てがたい。

――夢だと思うことにしよう。先輩はなにも気づいてない。俺の考えすぎ……。

ふうと溜《た》め息をつきながら、慈雨は窓のロックを解除する。

ほんの少し潮の香りがする海風を受けて、スリッパのままバルコニーに出た。

今頃、ルカはバスケ部の朝練でランニングをしているだろう。島を一周する遊歩道が、運動部の朝練のお決まりコースだ。

校庭を走るよりもずっと気持ちがいいと聞いている。

慈雨は走ったことはなかったが、ルカと散歩に出て一周したことはあった。

風の強い日は遊歩道に飛沫《しぶき》がかかるくらい、海がすぐそばにある。

――もうすぐ朝練が終わって……そしたら風呂に行って朝食。うん、たぶんいつも通りだ。

俺が食堂に行ったら先輩はもうテーブルに着いてて、「早く食べないと遅刻するぞ」って……いつもみたいに笑うんだ。きっとなにも変わらない。だってあれはただの夢だから。

くっきりとよく見える富士山に向かって、慈雨は右手の人差し指を伸ばす。

絆創膏を貼り替えた形跡など、微塵《みじん》もない。

つまりあれは夢なのだ――。

独りで食堂に行くと、想像していたのとは少し違う現実が待っていた。

ルカはテーブルに着いておらず、皿を手にしたまま大勢に囲まれている。

食堂内は普段以上に騒がしく、特にルカの周りに黄色っぽいざわめきが起きていた。

聞こえてくる単語から察するに、昨日の除霊の件が他の生徒に洩《も》れたらしい。

口止めされた三人の被害美少年のうち、誰かが……あるいは全員が、ルカが除霊したことを口外したのだろう。

主に五年生が集まって、「さすが学園のエクソシストだな」「ほんとすげーな」「超イケメン霊媒師で食っていけるよ」「まずはテレビ出ようぜ」と、ルカを囲んで称《たた》えていた。

当のルカは空っぽの皿を手に、「ごはん取らせて」と困惑していたが、同学年の生徒たちは自分のことのように自慢げだ。

ただしそれだけでは終わらず、中には好奇心むき出しの顔で、「一年前に溺れて亡くなった子の霊だったのか?」と訊《き》く生徒や、「最近なんか頭が重いんだけどさ、俺にもなんか憑《つ》いてない?」と訊いている生徒もいる。

慈雨はルカがどう返すのか気になったが、ルカは「とりあえずごはん、ごはん取らせて」と、それしかいわなかった。

「ルカ先輩、おはようございます」

慈雨が助け舟のつもりで声をかけると、自然と人だかりが割れる。

ルカは「おはよう」と笑って、すぐさまクロワッサンを二つ皿に載せた。

ごはんといいながらも近場にあったパンで妥協し、スクランブルエッグを掬《すく》い取る。

選んでいる場合じゃないといった雰囲気で、とにかく早く席に着きたいのがうかがえた。

「ほらほら、ヒーローインタビューはあとにして」

そこに寮監の笠原《かさはら》がやって来て、人だかりをさらに散らせる。

ルカは慈雨に「あっちにいるから」と囁《ささや》き、笠原にガードされながらテーブルに向かった。

この分では校舎に移動したあともいろいろとありそうだ。

幽霊の存在が受け入れられていて、学園のエクソシストとして活躍を認められているという状況は悪くないのだろうが、そのたびに持て囃《はや》されたり、新たな心霊相談を受けたりするのは大変だろうなと思った。

「先輩、すっかり知れ渡ってますね」

慈雨はココット皿にケチャップを入れたものを、ルカの皿の横に置く。

スクランブルエッグにはケチャップをかけるルカが、今日はあわてていてなにも持っていかなかったので「ケチャップどうぞ」というと大いによろこばれた。

「慈雨のことは噂《うわさ》になってなくてよかったよ。あまり巻き込みたくないから」

「もし俺の名前が出たときは、ちゃんと役に立ったっていってくださいね」

「もちろんそういうよ。でも、なるべくなら関わらないのが一番だから」

「そうなんでしょうね、今なんとなくわかりました」

はは……と笑いながら、慈雨はルカの隣に座って彼と目を見合わせる。

朝からもみくちゃにされて困った様子ではあったが、それ以外はいつも通りだった。

この人が、寝ている間に絆創膏をチェックしたり貼り替えたりしたとは到底思えない。

やはりあれは夢だったんだな……と再認識してほっとする慈雨の斜め前で、笠原が「新聞に載ったら大騒ぎになりそうだな」と笑った。

「新聞⁉」

びっくりした慈雨に、笠原は「学校新聞な」と説明する。

真面目メガネの村上《むらかみ》が身を乗りだして、「久しぶりに号外が出るかもしれませんね」と目を輝かせていた。

「先輩の活躍って、これまでも記事になったりしたんですか？」

「うん、何度も載ってるよ。集めてるから見せてあげようか？」

そういう村上に、ルカは「いいいい、見せなくていいから」といっていたが、慈雨は「ぜひお願いします」と食いついた。

ルカが恥ずかしそうにしているのが可愛くて、除霊の際の彼とのギャップがたのしい。

みんなは記事で読んでくわしいことを知るのだろうが、自分は目の前で見た……というのが、今はなんとも誇らしく思えた。しかも囮《おとり》になって除霊を手伝い、ルカの役に立ったのだから、思いきり胸を張りたい気分だ。

「幽霊とか除霊とか、普通のこととして書かれる辺りがうちの学校のいいとこだと思うわけ。もちろん信じてない奴《やつ》もいるかもだけど、どう考えても少数派なんだよな」

「そうそう、それがうちのいいところ」

笠原と村上がうれしそうに語り、ルカは例のごとく恥ずかしそうに黙々と食事をしていて、慈雨は居心地の好《よ》さを実感する。

昨夜は六年生の水越《みずこし》が「俺はそんな非現実的なもん信じてないからな！」と怒鳴っていて、実際のところ信じていない派も一定数いるのだろうが、この際どうでもいいと思った。

大多数に信じられていて、ルカがみんなの愛情に守られているならそれでいい。

信じないのは自由だが、ルカを傷つける輩《やから》は許せない――心からそう思った。


校舎に移動したあとも騒ぎは続き、慈雨のいる四年三組でも噂話が飛び交っていた。

下級生の中にはルカ様と呼んでいる生徒もいて、それで普通に会話が成り立っている。

慈雨が教室に行ったのはホームルームが始まる直前だったので、朝の段階ではなにも訊かれなかったが、一限目の授業が終わるとみんなが一斉に寄ってきた。

「昨日ルカ様の除霊があったんだって？　ルームメイトだろ、なんか聞いてる？」と、比較的目立つクラスメイトが代表のように訊いてきて、他の生徒は慈雨の答えを待っている。

元々席が隣の夜神《やがみ》も近くにいた。

それなりに興味はあるらしく、机に肘をつきつつこちらを見ている。

「いや、なにも……ただすごく疲れた様子だったんで、大変だなと思っただけ」

慈雨が無難なことをいうと、クラスメイトはそんな情報ですらありがたがり「やっぱすごい疲れるんだー」と素直に感心していた。

なにかしらいやなことをいう奴もいるんじゃないか……と気構えたが、表立ってなにかいう生徒は一人もおらず、ただ、我関せずといった様子の生徒が複数名いただけだった。

もちろんそういう生徒は敵ではないので、慈雨も知らん顔をすれば済む。

「夜神は信じてる派？」

なんとなく気になって訊いてみると、「はは……」と乾いた笑いが返ってきた。

「信じてないいんだ？」

「うーん、半信半疑くらいかな？」と、夜神はいいにくそうに声を潜める。

そういったあとになって、「や、六割方は信じてるかも」と微調整したが、いずれにしても正直な気持ちに思えたので、いやな印象は受けなかった。

直接見ていなければ、だいたいそんなものだろう。

「逆に訊くけど、お前は信じてるのか？」

より小声で訊き返され、慈雨は一瞬だけ答えに迷う。

手伝ったことをいうべきか否か判断して、いわないまま「信じてるよ」と答えた。

「オカルト系とか、元々信じる派？」

「いや、この学校に来るまでは信じてなかった……っていうか、いるとかいないとか真面目に考えることすらなかったけど、ルカ先輩がいるっていうから信じてる」

「あー……嘘《うそ》とかつきそうにないもんな、聖人っぽくて」

「そうそう、嘘つく理由がないだろ？」

「それはなんかわかる。これがルカ様じゃなかったら、まったく信じなかったかも」

慈雨は夜神の発言に満足して、「うん」と笑いかけた。

すると「ほほ笑まないで、可愛いから」と抗議され、両目を覆い隠すポーズを取られる。

「俺なんか、ルカ先輩のほほ笑みを朝から晩まで見まくってるんだぜ」

「それ全然うらやましくねーから。心拍数上がって疲れそう」

「いや、癒やされるって」

「俺は疲れる」

「疲れるわけねーだろ、ふわーきゅんって、気持ちよくなるんだぜ」

「ならねーよ、お前は恋する乙女か」

つつき合いながらふざけていると、「そこっ、うるさいぞ」と教師に叱られる。

授業が始まり、昼休みを迎える頃には騒動もだいぶ落ち着いていた。

そんなときに、号外が配られる。

新聞部が大急ぎで作ったらしい一面のみの号外は、再生紙に印刷されていて少し読みにくいものだったが、『学園のエクソシスト是永《これなが》ルカ大活躍！』というタイトル文字は、どんと目に飛び込んできた。

記事の中には、『屋内プールで両足をつかんで引きずり込む悪霊』という表現があったが、一年前にプールで死亡した桜井《さくらい》少年に関しては一切触れていなかった。

おそらく、新聞部が名前を出すことを控えたのだろう。

不幸にも亡くなった生徒が悪霊になったとは、書けなかったと思われる。

自重なのか忖度《そんたく》なのか圧力なのかはわからないが、桜井に同情していた慈雨としては、一応納得がいく記事だった。

もちろん水越司《つかさ》が出頭した件も書いてはおらず、真相には触れていない薄い内容なのだが、ルカが活躍して称えられているというだけで十分だった。

今頃ルカのいる教室は大変な騒ぎだろうなぁと思いつつも、それほど心配せずにゆったりと構えていられる。

この学校は、異能力者である彼に優しいのだ。

もちろんそれはルカの能力と人徳のせいで、自分も受け入れられるなんて思っていないが、異能力者が疎外されていないのを感じて気分がいいのは確かだった。

授業が終わって寮に戻ると、ドアノブに郵便袋がぶら下がっていた。

手に取って中を覗《のぞ》くと、二通入っている。

そのうち一通はカラシ色の封筒に、ミモザの花の切手が貼ってあった。

つまりこれはカラシ色ではなく、季節感を意識したミモザ色ということなのだろう。

字を見るまでもなく、倅からの手紙だとわかった。

——今度の週末に帰ってこいとか、書いてありそう……。

倅から手紙が届いたよろこびはあるものの、父親からの命令が書いてありそうで少し怖い。

もう一通は切手が貼っていない封筒で、この郵便袋に直接入れたもののようだった。

——なんだこれ、誰かがあとから入れた……ってことだよな？

そちらは白い封筒に大きな文字で、『ルカ様へ』とハートマークが書いてあった。

下級生からのラブレターだ——そう思った瞬間、思わず隠しそうになる。

自分でもよくわからないが、ルカに渡したくない気がしたのだ。

でもそれはほんの数秒のことで、すぐに冷静になる。

他人宛ての手紙を隠していいわけがないし、このラブレターがきっかけでルカと誰かが付き合う確率は低いと思った。ルカはそんなに安くない。

――考えてみたら、ラブレターとか普通にあるよな。男子校だし、そうでなくてもあれだけ綺麗《きれい》だったら、あこがれられて当然……しかも学園のエクソシスト。

活躍すればするほどモテるんだろうなと思うと、複雑な気持ちになる。

自慢の先輩がモテるのは大いに結構だが、遠くで見ているだけにしてほしい。

手紙など出してきて、積極的に迫ってくる者の存在は不愉快だった。

――とりあえず先輩の机に置いて、俺は倖ちゃんの手紙を……。

自分の勉強机に着いた慈雨は、倖の手紙を前にハサミを手にする。

愛らしい小鳥の封蠟《ふうろう》まで施してある封筒の端を切り、便せんを取りだした。

パパからのメッセージが一緒に入っていたら怖いな……と思ったが、ペン字の見本のような美しい文字は見当たらず、並んでいるのは倖の綺麗可愛い文字だけだった。

少しほっとしながら手紙を読むと、次第に顔がほころんでくる。

『慈雨くんへ
ごきげんよう（慈雨くんの学校の真似《まね》）、元気にしていますか？
先週桜色の封筒で手紙を出したんですが、ちゃんと届いていますか？
新しい学校にすっかり慣れて、僕たちのことをちょっと忘れてるのかな？
こちらは慈雨くんがいなくて、明かりが消えたみたいにさみしいです。

なんかね、家の中が静かすぎるの。本当に静かなの……シーン……。美路《みろ》くんも慈雨くんに会えなくてさみしがっていました。一緒に突撃しちゃおうか、なんて話していたくらいです（ルカ先輩に会いたいしね！）。今度の週末は帰ってこられますか？

そろそろパパが怒りそうなので、無理じゃなければ帰ってきてね！

ルカ先輩を連れてきてくれたら、さらにもっとうれしいよ！

ママもね、すごい会いたがってたよー。

以上、慈雨くん不足の倖でした。』

封筒の下のほうにハートのシールを散らした二枚の手紙を、慈雨は最初から読み返す。

とりあえず今週末は帰らなくても雷は落ちないとわかったので、胃の辺りの緊張がほぐれた。

この手紙にはすぐに返事をして、今週末は帰れないと書いたほうがいいだろう。

急げば金曜日までに到着するので、がっかり度は低めで済むはずだ。

——さっさと返事書いて、今すぐ出しちゃおう。

即行動すると決めた慈雨は、倖と違ってこだわりのないレターセットを取りだす。

帰れ帰れといわれるのがいやなので、こちらからハッキリと『ママの誕生日前の休み（五月十九日の日曜日）に帰ろうと思います』と帰省予定を書いた。

あと一ヵ月以上も先の話なので、この手紙を受け取ったら可畏も潤《じゅん》も怒るかもしれないが、そう簡単に帰らないつもりで静岡《しずおか》の学校を選んだのだ。

向こうがなんといおうと、帰省のペースは数ヵ月に一回くらいでいいと思っている。

クラフト紙の封筒に宛先などを書いて手紙を入れた慈雨は、倖からもらったパンダの切手を貼り、早速手紙を出しにいくことにした。

一階のロビーに専用ポストがあるので、今日の収集時刻に間に合うように投函する。

これでよしと大手を振って十階の部屋に戻ると、ルカが帰っていた。

「あ、先輩おかえりなさい」

ルカは自分の勉強机の前に立っていて、『ルカ様へ』と書かれた封筒を手にしていた。

「ただいま」といわれたが、どことなく声のトーンに張りがない。

振り向く顔も、少し強張《こわば》っているように見えた。

「弟さんから手紙？」

ルカは慈雨の机に目をやって、濃い黄色の封筒に目を細める。

華やかな目元を三日月の形にしてほほ笑む姿は、いつもの彼と同じに見えた。

「はい、出さずにいたら二通目が来ちゃいました」

「封筒、今回はカラシ色だ」

「そう思いますよね、ミモザ色らしいです」

「なるほど、季節感あってオシャレだな」

「うちの弟、こういうの好きなんです」

そういいながらミモザの切手や小鳥の封蝋を見せると、ルカはさらに感心していた。

「オシャレだし細やかな弟さんなんだな」といわれ、慈雨は得意顔になる。

倖は大切な自慢の弟だ。どんなことでも褒められるとうれしかった。

「先輩は？　下級生からのラブレターでした？」

そう訊きながらルカの手元を見た慈雨は、彼の机の上に妙なものが置いてあるのに気づく。

いつも片付いていて先ほどまでなにもなかったはずのそこに、一枚の便せんと、カッターの刃が三本、バラバラに置いてあった。

「……え？」

次の瞬間、慈雨はほとんど条件反射で便せんに飛びつく。

他人宛ての手紙を勝手に見てはならないという常識など、完全に吹っ飛んでいた。

封筒には可愛げのある文字で『ルカ様』と書いてあり、ハートマークがついていたのに、中の手紙には新聞や雑誌の文字を切り抜いたものが乱雑に貼ってあった。

書体も文字の大きさも不揃《ふぞろ》いだが、『似非《えせ》エクソシスト出ていけ！』『ニヤニヤ笑ってんじゃねーよ！』『死ね！』と書いてある。

それらの文字とカッターの刃を見返した途端、さあっと血の気が引いていった。

「なんだよ、これ……っ、先輩、怪我《けが》は!?」

「──大丈夫、ハサミで開けたから」

足の先まで引いた血の気が、今度は頭の天辺《てっぺん》まで一気に上っていくようだった。

ルカの異能力を信じない人間がいるのはしかたないと思っていたが、こんなことをするのは絶対に許せない。

「……っ、こういうのって、用意してるうちに冷静になったりしないんですかね。自分カッコ悪いなとかダセェなとか、思わないのかな?」

「──どうなんだろう?」

ルカはそれだけいって、散らばったカッターの刃を一つにまとめた。

メモ用紙で包んで、危険物として捨てる準備をしているようだった。

それは大ごとにしたくないという意思表示に見えたが、慈雨には納得できない。

「先輩、犯人が誰なのか暴いてやりましょう」

「慈雨……」

「エレベーターホールに防犯カメラついてるじゃないですか。犯人見つけて悪霊を送り込んでやりましょう。郵便袋がかけられたあとに入れに来た奴が犯人です。霊障地獄で死ぬほど後悔させてやらなきゃ」

ついでにベッドをびしょびしょにしてやりたい。それだけじゃ済まさず、死ぬスレスレまで氷水に漬け込んで、虫の湧いた頭をキンキンに冷やしてやりたい——そう思った。

「駄目だよ、防犯カメラはそんなことのためについてるわけじゃないから」

「いや違うでしょ、こういうことのためにも使っていいはずです。うやむやにせずにちゃんと調べてもらいましょう。ハッキリさせて仕返ししなきゃ駄目です」

「いいよ、ほんとにいいんだ。みんなに支持されるなんてあり得ないってことも、この学校はかなり生きやすいってことも、ちゃんとわかってるから大丈夫」

「先輩……」

ルカの無理やりな笑顔が悲しくて、慈雨は怒りの涙をこらえる。

悪い霊が近寄らないよう、いつもニコニコして陽の気を意識し、誰にでも優しく接する彼のほほ笑みを、ニヤニヤと表現されたことがくやしくてたまらなかった。

間違いなく存在する異能力を、似非と書かれたのもくやしい。

ルカが平気な顔をするので、その分も慈雨に怒りが溜まる。

「先輩は俺が守ります」

「慈雨……」

「絶対、なにがあっても絶対、俺は先輩の味方です」

気づいたときにはそういっていて、ルカの手からカッターの刃を奪っていた。

何者かの悪意を、ルカに触れさせたくない。ちらりとも見せたくない。

いい人間だけに囲まれて、みんなの自慢のルカであってほしい。

その環境を守るためなら、なんだってできる気がした。

部屋の前には水を置いていないのでサイコメトリーも使えないけれど、教職員に頭を下げて防犯カメラの映像を見せてもらいたいと本気で思っている。

「こういうこと、以前にもあったんですか？」

「――……」

「あったんですね？」

「……本当は、目立つの、好きじゃないんだ」

ルカは明言しなかったが、以前にも何度もあったのだと察しがついた。

懸命に平気な振りをしていても、受けたショックが顔のあらゆるところに貼りついている。

いつもと同じ顔なのに輝きがなく、それこそ悪い霊が寄ってきそうな……悲しげなオーラが体中からにじみ出ていた。

「散歩でも行こうかな」

「……え？」

「波の音とか野鳥の声とか聴きながら、島を一周するんだ。海を見て空を見て、富士山を見て、ぼーっと歩いてると……こういうこと全部、小さい出来事だなぁって思えてくる」

「先輩が今やるべきことは気分転換じゃなくて、犯人捜しだと思います」

「いいんだ、本当にいいんだ。特定しても誰も幸せにならないし」

「先輩……」

「むしろ悪意がリアルになってしまって、かえってつらい」

ルカがうつむきながらそういうので、慈雨は返す言葉を失う。

処罰感情の強い慈雨は犯人を痛めつけなければ気が済まないが……匿名の誰かが名前のある誰かになることで、悪意がリアルになるというルカのいい分は理解できた。

「散歩……俺も一緒にいいですか?」

「もちろんだよ」

ルカはうれしそうに笑って、慈雨の髪に触れる。

夢の中で頭を撫でたときよりも遠慮がちに、金髪を梳いた。

先ほどまでカッターの刃に触れていたルカの指が、髪をいじり、曲げる。

すうっと一つかみしたかと思うと、「サラッサラでツルツル、気持ちいい」と褒められた。

「俺のでよければいくらでもさわってください」

「うん、ありがと」

こんな行為は初めてだったので、慈雨はどう反応したらいいのか迷う。

父の胸に飛び込むようにルカの胸に抱きつきたかったが、自分たちの間柄でそれが相応《ふさわ》しい行為なのかどうか、よくわからなかった。

夕暮れ迫る恋島《こいじま》の遊歩道を、二人でゆっくりと歩いた。

遊歩道は海沿いにあり、島を一周する形で徒歩一時間くらいの距離がある。

泳ぐなら何キロでも苦にならないが、徒歩一時間はとても長いと感じる慈雨だったが、今はこの時間がもっと続けばいいと思っていた。

ルカと二人きり、四月の風を受けながら散歩する時間が、とびきりのものに感じられる。

背の高いルカは遊歩道に木陰を作る木々を避け、時々身を屈《かが》める仕草を見せた。

頭がついてしまいそうなほど茂った葉から、濃い緑の匂いが漂っている。

数歩先を歩くルカについて歩くと、無性に手をつなぎたくなった。

規則正しく揺れている手をつかまえて、ぎゅっと握りたい。

腕を組んで歩くのもいい。

どちらでもいいから、どこかしらに触れてくっついて歩きたい。

そういう気持ちがどこから来るのか、どう名づけたらいいのか、わかっているようでわからなかった。

恋だといいきるには俤の存在がまだまだ大きくて、そこまで行っていない気がする。

キスしたいとかセックスしたいとか、みだらなことを考えているわけでもない。

ただ、触れたい。今ここにいるルカに、そっと触れて寄り添いたい。

「先輩、さっきの件……誰にもいわないつもりですか？」

「うん、そのつもりだよ。あれはもう終わり」

「俺も、こうやってもう……蒸し返さないほうがいいですか？」

「そうだね、スッキリしなくて気持ち悪いかもしれないけど、忘れてくれるとありがたい」

蒸し返せばそのたびに思いだし、いやな気分になるのだろうと思った。

こうして、気分転換に散歩をしている意味がなくなってしまう。

「──先輩がそういうなら、俺も忘れます」

忘れられるわけはないけれど約束すると、「ありがとう」と振り返ってほほ笑まれる。

その笑顔があまりに綺麗で……儚《はかな》く見えて、この人を苦しませるなんて、絶対に許せないと思った。

約束したから忘れた振りをするけれど、とてもくやしい。

「これでも、小学生のときよりはマシなんですか？」

終わりにできずに訊いてしまった慈雨に、ルカは「そうだね」と苦笑した。

優等生の彼が一学年遅れるほどのいやがらせがあったのだと思うと、また怒りが湧いてくる。

過去のルカを苦しめた全員をぶちのめしたいと思っていたのに、過去どころか今現在の悪意すら無視しなければいけないなんて、慈雨には精神的拷問のようだった。

「ぶちのめして、氷漬けにしてやりたい」

「慈雨……」

「凍傷になるまで凍らせて、悪いことする指をポキポキ折ってやりたいです」

具体的に想像しながら殺意を籠めていった慈雨に、ルカは困ったような顔をする。

遊歩道の小石を海に向かってこつんと蹴り、その場で足を止めた。

「可愛い顔して、怖いことというなよ」

追いついた慈雨の背中を軽く叩《たた》いて、ルカは「めっ」と茶目っ気を見せる。

そんなふうに叱られると、ますますなにかしてあげたくなった。

望まれていないのは承知のうえだが、ルカが見ていないところで復讐《ふくしゅう》したい。

犯人さえわかれば水を使ってある程度のいやがらせはできるだけに、今の状態がもどかしい。

「俺は、散歩くらいじゃ切り替えられないです」

ぼそりというと、「ありがとな」と、また背中をぽんぽん叩かれる。

ルカは慈雨の隣に立ち、しばらくなにもいわずにただじっとしていた。

どうしたのかと思って見上げると、慈愛に満ちたほほ笑みがそこにある。

「慈雨が怒ってくれたから、俺はかつてない早さで切り替えられてる」

「……ほんとですか?」

「うん、怒ってくれる人がいるってうれしいなって思って……もうそっちのほうが大きいや」

怒りよりも悲しみよりも、うれしさが勝っていると——そういってくれるルカを見ていると、なんだか泣きたくなった。

そして、キスをしたくなる。

目の前にある唇に、触れたいと思った。

手指でも触れたいし、唇でも触れて、味わいたい。

そんな気持ちが通じたのか、ルカの顔が少しずつ近づいてくる。

キスをされると思った。そういう、これまで知らなかった特別な空気を感じられる。

「——ぁ……」

唇の高さを合わせるところまではいったのに、触れ合うことはなかった。

ルカは途中でやめて、本来の高さまで唇を逃がしてしまう。

「今……キスしようとしました？」

上目づかいで見つめながら訊くと、ルカは「うん」と認めた。

「どうしてキスしようとしたんですか？」

「……どうしてだろう？」

「したかったんですか？」

「そうかもしれない。こういうこと慣れてないからよくわからないけど、今……したいなって思った」

俺もそう思いました。してもよかったのに——そういいたい。

でもいえなかった。悪霊退治のときの水中キスとはわけが違う。

そうする理由もなく、衝動に任せてキスをしたら、もう決定的だ。

恋という名の烙印《らくいん》を押されて、後戻りできなくなる。

「好きになっちゃうといけないから、駄目ですよ」

「うん、わかってる」

「俺、他に好きな人いるし」

「——あ……そうなんだ?」

意外そうに訊かれて、慈雨は深々とうなずいた。

今キスをしたいのは倖ではなくルカだけれど、それを認めるわけにはいかなかった。

「不毛な恋なんであきらめてますけど、だからってすぐ乗り換えるわけにはいかないんです」

「うん……ごめんね」

ルカはそれだけいって、また歩きだす。

強い西日に照らされる髪は、いつもより茶色く見えた。

さわりたいなと思う。風にそよぐ髪にも、手にも、唇にも。

遊歩道に強い波が打ちつけ、わずかな飛沫が地面を濡《ぬ》らしていた。

《四》

何事もなく一週間が経《た》ち、慈雨は部屋の前でふたたび郵便袋を目にすることになった。

たった一度でトラウマになっていて、またおかしなものが入っていないか不安になったが、今回は切手の貼ってある郵便物のみだった。

一通は空色の封筒で、倖からのもの。

もう一通は和紙の封筒で、ルカ宛てのもの。差出人は是永清隆《きよたか》と書いてある。

ルカの親の名前は知らなかったが、父親なのだろうと思った。

ルカはアンゲルスの活動で遅くなる日だったので、慈雨はルカの手紙を彼の机に置く。

今回おかしなものが入っていなかったのはよかったが、もしまたルカがエクソシストとして活躍したら、再度いやがらせがあるかもしれない……そう思うと落ち着かなかった。

かといって部屋の前に水を入れたペットボトルを置いておくわけにもいかないし、そもそもルカが白黒はっきりさせたいタイプではないので、犯人捜しはできない。

――スッキリしません……しませんよ倖ちゃん！

内心叫びながら空色の封筒をハサミで開け、季節を先取りした鯉《こい》のぼり柄の便せんを開く。

切手は柏餅《かしわもち》という倅の徹底ぶりに、苛立《いらだ》ちが少し薄れた。

父親からの叱りの手紙が同封されているのを恐れていた慈雨は、そういったものがないのをまず確認して、ほっと一息ついてから倅の手紙を読む。

『慈雨くんへ
元気にしていますか？　お手紙すぐに出してくれてありがとう！

慈雨くんが五月十九日まで帰らないとわかって、うちはもうお通夜みたいです！』

そんな文章から始まった手紙には、『もっと早く帰ってきてくれないと、パパとママが泣きそうです』などと冗談めいたことが書いてあり、幸いそれほど深刻ではなかった。

五月十九日の日曜日に帰省する……つまりそれまでは帰省しないという決断を、一応認めてもらえたのだと思うと、口角が勝手に上がっていく。

実のところ『ふざけるな！』と怒られそうで、かなりびくびくしていたのだ。

あちらはあちらで思うところがあるだろうが、長男の成長を、どんと構えて見守ろうとしてくれているのだろう。

思わず祈りのポーズを取って感謝した。

——これで今週末も先輩と一緒にいられる。もっと一緒にいたいから……俺もアンゲルスに入ろうかな。奉仕活動とか興味ないけど、先輩と一緒ならいいや。

なんだかんだと未《いま》だに部活に入っていない慈雨は、ふんふんと歌いながら教科書を開く。

勉強は授業だけで十分だったが、今日は面倒な課題があった。

それをこなしつつ、ルカの帰りを待つことにする。

あれからキスもなにもしていないし、二人の関係にこれといった変化はない。

一緒にいるからといってなにをするわけでもないのだが、ルカと食堂に行って他の生徒と雑談しながら食事を摂《と》り、ジムに行って汗を掻《か》いたり大浴場に行って背中を流し合ったりして、同じ部屋に戻って寝る。ただそれだけで毎日がたのしかった。

ルカはロザリオこそ離さないが信仰心はあまり強くないらしく、その点でも付き合いやすい。

なにより、同性愛に対する偏見をまったく持っていなかった。

ただ子供の頃からクリスチャンのせいか、ふとしたときに出る鼻歌が聖歌だったりするのが少し特徴的だ。たまにまともに歌っているときもあるが、甘い声で歌われる聖歌はうっとりと聴き入ってしまうほど耳に心地好い。慈雨も何曲か歌えるようになったので一緒に口ずさむと、照れた顔をしながらもそのまま歌ってくれた。

——いくら先輩と一緒にいたいからって、バスケ部ってわけにはいかないしな。この身長でダンクシュートとか決めるとヤバいし……アンゲルスなら人間じゃないってバレっこないから、安心安全。奉仕活動を始めたなんていったら、パパもママもびっくりするかも？

よし、アンゲルスに入ろう——そんなことを考えつつ課題を終えると、ルカが帰ってくる。

慈雨はぱっと立ち上がり、「おかえりなさーい」と両手を広げて出迎えた。

「ただいま」というルカと軽いハグをして、目を見て笑い合う。

ハグが自然にできるようになったというのが、二人にとっての進展かもしれない。

あまりにも仲がいいので「付き合ってるの？」なんて訊かれることもあったが、付き合っていないからこそ同室でいられる今の状況をたのしんでいた。

「先輩、手紙が届いてましたよ。郵便物」

わざわざ郵便物と強調した慈雨に、ルカは「ありがとう」といって自分の机に向かう。

そして和紙の立派な封筒を手に取ると、さっと顔色を変えた。

家族の話はしたことがなかったが、父親にもらったロザリオを肌身離さず着けているので、親子仲はいいのだろうと勝手に思っていたが……実際にはあまりよい関係ではないのかもしれない。

明らかにうれしくない顔をしているうえに、読もうともせずにひきだしの中に収めた。

お父さんからの手紙、読まないんですか——と訊きそうになった慈雨は、出しかけた言葉を引っ込める。

訊かれたくないオーラをルカの背中から感じ取り、詮索するのをやめた。

以前副寮監の村上が「あまり帰省しない人間が寮監を押しつけられてる」といっていたのを思いだす。

性格的にルカは押しつけられたわけではないかもしれないが、春休みもずっと寮にいたので、あまり帰省しない派の一人なのは間違いなかった。

単に遠方なのかもしれないし、帰らないからといって親子仲が悪いとは限らないものの……今の態度からするとその可能性が高そうだ。

「慈雨には弟さんから？」

「あ、はい……今回は空色の封筒に鯉のぼりの便せん。切手は柏餅です」

そういって倖のこだわりを見せると、ルカは「可愛いなー」とたのしそうに笑う。

この笑顔をずっと見ていたいので、テンションを下げるようなことはいいたくなかった。

「五月十九日まで帰らないって書いたんだっけ？」

「そうそう、それに対してなんていってくるかなーって心配だったんですけど、ＯＫみたいでよかったです。これでもうビクビクせずにいられます」

「ビクビクするほどだったんだ？」

「はい、キレるといきなり来そうだし」

「この島に？」

「そうです。離島とか関係なしに、来るって決めたら来ちゃいそうだから」

この島のヘリポートに、ヘリで上陸しそうで――とはいえないが、可畏ならそういうこともやりそうなので、ヘリの音を聞いて「まさか⁉」と思ったこともあった。

「俺が親離れしようとしてるのと一緒で、親も子離れしなきゃって思ってるのかも」

「うん、そうかもしれない。いい親御さんだな」

慈雨がふふふと笑うと、ルカは自分のことのようにうれしそうだった。

果たしてルカの親子関係はどうなのだろうかと気になるが、もちろん慈雨は触れない。

ただ少し気になったことがあり、それだけは訊いてみようと思った。

「突然ですけど……先輩の異能力って、親譲りとかですか？」

そっとノックをするように訊いてみると、ルカはすぐに「うん」と答えた。

「父親譲りなんだ。代々霊感がある一族で、その中でたまに炎を出せる子供が生まれるらしい。除霊に使える、青い炎を……」

ルカは慈雨に見せるようにして、両手を同時に開く。

その仕草から察するに、炎はどちらの手からでも出せるようだった。

「炎を出すときはロザリオが必要なんですか？」

「いや、必ずしも必要なわけじゃないんだけど……ロザリオから炎を出そうとすると、比較的早く強い炎を出せるんだ。力を集中させやすいんだと思う」

「以前、水の中でなにか唱えてましたよね？」

「ああ、あれも……精神統一して集中力を高めるため。『天にまします我らの父よ。願わくは御名《みな》をあがめさせたまえ……』とか、わりと長々と唱えてたんだ。急ぐときはもっと短いし、

『アーメン』としかいえないときもある。短ければ短いほど一瞬で集中しなきゃいけなくて、難易度が上がる気がする」

「すごい、水の中でお祈り……」

「うーん……あのときは、半分以上心の中だったかも」

よく憶《おぼ》えてないといいたげに、ルカは首をすくめてみせる。

訊いていいのかわからないことを訊いた結果、おどろくほど快く答えてくれたので、慈雨はすっかり気分がよくなっていた。

かといってあれこれ訊きすぎて、地雷を踏んだり傷つけたりしたくない。

ルカのことを誰よりも知りたい思いはあるが、ルカの笑顔を失うくらいならなにも知らないほうがよかった。

「俺、先輩についいろいろ訊いちゃうけど……いいたくないことがあったら無理しないでくださいね。先輩のいやがることしたくないから」

「うん、大丈夫だよ。ありがとう」

「あ、そうだ……村上さんから借りた学校新聞返さなきゃ」

「あの恥ずかしいやつ？」

「恥ずかしくないですよ」と答えながら、慈雨は学園のエクソシスト大活躍――の記事だけをまとめた学校新聞を、机のひきだしから取りだす。

やや読みにくい再生紙を、綺麗にファイリングした村上のコレクションだ。

記事の内容はやはりどれも薄かったが、図書館幽霊事件や生物室怪異事件、マリア像の血の涙事件など、それぞれに学校の怪談めいたタイトルがつけてあった。

「先輩の活躍をリアルタイムで見たかったし、手伝えることがあったら手伝いたかったんで、もっと早くこの学校に来ればよかったな……って思いました」

「そういってくれるとうれしいな」

慈雨は舌を少し出して笑い、「じゃあ村上さんとこ行ってきまーす」と部屋を出た。

同じフロアにある村上と他の転校生の部屋に行き、ファイルを返してから戻る。

所要時間わずか数分……おそらく三分もかかっていない程度だが、部屋に入るとルカは机に向かっていて、醸しだす雰囲気がすっかり変わっていた。

ルカの手元には先ほどの手紙があり、開封して読んだのだとわかる。

慈雨が「ただいまです」というと少し遅れて「あ、おかえり」といつも通り返してくれたが、明らかに声のトーンが落ちていた。

それに合わせて表情も硬く、笑顔がない。

――やっぱりあんまりいい関係じゃないんだな……。

親のことはなるべく訊かないようにしようと心に決めた慈雨に、ルカは「伯父からなんだ。父の兄」と、自ら説明する。

「お父さんからかと思いました」

「父と母は、子供の頃に亡くなってるんだ」

「——っ、え？」

「伯父夫婦に育ててもらったんで、ほとんど親みたいな感じ」

「そうだったんですか……」

ほとんど親みたいな……といいながらも、一般的に親に見せるような親愛の情は感じられず、やはり地雷に近い事柄のような印象を受ける。

他の人ならともかく、いつも慈愛に満ちたほほ笑みを浮かべているルカが笑顔を失うということは、決してよい関係ではないのだろう。

「今週末、帰ってくるようにいわれて」

「……え、帰るんですか？」

「うん、帰らないと」

帰りたくないというニュアンスを含む言葉に、慈雨はなんと返していいかわからなくなる。

帰りたくないなら帰らなくてもいいじゃないですか——といいたかったが、さすがに自分が出る幕ではないことはわかっていた。

「先輩がいない週末なんて、考えられないんですけど」

口を出してもいい範囲で自分の気持ちを伝えると、ルカは慈雨と目を見合わせる。

なにかいいそうでなにもいわなかったが、帰省の予定は撤回されないらしい。

そういう顔をしていたので、慈雨はただしょんぼりとうな垂れて、さみしさをポーズで示すばかりだった。


木曜日が来ても金曜日が来ても、ルカは一見すると変わりなくすごしていた。

バスケ部の練習に参加したり、体調不良を訴える生徒の相談に乗ったり（結果的に霊障ではなかったのだが）、アンゲルスの活動に参加したりと、表面的にはいつも通りだ。

しかし慈雨の目には違って見えた。

週末の帰省予定に鬱々としていて、帰りたくなくて悩んでいる様子に見えたのだ。

だからといって「そんなに帰りたくないなら帰らなければいいじゃないですか」といってはいけない気がして……他人にそういわれたからといってなんの救いにもならない気がして……ルカが作りだす平常仕様に、いつもの自分として付き合っている。

――明日、本当に帰るんですか……って訊いてみようかな？　駄目かな？　それくらいなら訊いてもいい気がするけど、どうだろ？

土曜日を目前にして、慈雨はベッドの中で悶々《もんもん》と考える。

奥のベッドで寝ているルカの背中を見つめながら、伸ばしたい手をぎゅっと握った。

広い背中に触れて、「帰るのやめちゃいましょうよ」と、いえるものならいいたい。なにがそんなにいやなのか……秘められた気持ちのすべてを訊きたかった。踏み込んではならない領域に、ぐいぐいと立ち入ってしまいたい。

——なんで帰りたくないのって、先輩は俺に訊かないし、俺も訊かれたくない。「実の弟に欲情しちゃうからです」なんていえないし、やっぱりそこは踏み込まれたくない。

自分は踏み込まれたくないのに、相手の領域に踏み込むのは間違っている。

眠ろうとしているルカの背中を揺さぶるわけにもいかず、慈雨は行き場のない手を開いては結び、グーパーをくり返しながら言葉を呑《の》んだ。

「慈雨、起きてる？」

「……ッ」

薄闇にルカの声が小さく響く。

沈黙を破った背中が掛け布団と一緒に動き、ルカがこちらを振り返った。

「はい、はい、起きてます」

お互い枕に片耳を沈めたまま、しばらく見つめ合う。

寝室にはフットランプしか点《つ》いていなかったが、目が薄闇に慣れていたので、ルカの表情はよく見えた。なにかいいたそうな顔を……けれどもいいにくそうな顔をしていたので、慈雨はいつまでも待つつもりでいた。

「——明日、一緒に来ない？」

「……え？」

思いがけない言葉に、一瞬理解がついて行けなくなる。

思わず「どこへ？」と訊きそうになったが、訊くまでもなかった。

「先輩の実家に？」

伯父夫婦の家でも、実家という表現でよかったのだろうか——間違いかもしれないと思って撤回しようか迷っていると、「うん」と短い答えが返ってくる。

枕に埋もれる顔に、いつものほほ笑みはなかった。

「一緒に行ってもいいんですか？」

そう訊くと、また沈黙がよぎる。

ゆっくりと動きだした唇は、なにをいっているのかわからないほど小さな声を漏らした。

聞き取れなかったので「……ん？」と訊き返すと、ルカは息をしっかりと吸い込んでから、もう一度言葉にする。

「養父母が、ルームメイトに会いたがってて……」

今度ははっきりと聞こえたものの、慈雨にはわけがわからなかった。

手紙にそう書いてあったなら、届いた水曜日の時点でいえばいいのに、どうして出発前日の夜になっていうのだろうか。

そんなにいいにくいことだとも思えないのに、よくわからない。

「えーと……えーと俺、なんか試されるんですかね？　先輩のルームメイトとして相応しいかどうかとか？」

「いや、そういうんじゃないんだ」

「じゃあ、こんな感じでもいいんですか？　もちろんちょっとお澄ましするし、言葉遣いとか気をつけるけど、頭金髪だし、ビジュアル的に優等生っぽい感じじゃないんですけど、大丈夫ですかね？」

「うん、全然……大丈夫」

ルカは一応笑ったが、やたらとぎごちない表情だった。

自然な笑顔ではなく、ほとんど癖のように笑っているだけに見える。

最大の違いは目で、なんだか物悲しいのだ。

寝室のわずかな明かりを取り込んだ黒い瞳が、ためらいに揺れている。

「先輩がいいなら行きます。先輩の実家に行けるとか、すごいうれしい」

気になることは多々ありながらも、慈雨はルカの誘いに飛びつくことにした。

ルカのことを少しでも知りたい気持ちがある慈雨にとって、実家に行けるというのはとても大きい。

大進歩かつ、超ド級の特別扱いだと思うと誇らしい。

地雷を踏まないよう慎重にあれこれ訊くよりも、自然に多くの情報を得られるだろうし——なにより、帰省をいやがっているルカを独りで行かせなくて済む。

後輩が一緒なら旅路もまた違うものになるだろうし、それで少しでもルカの気が晴れるなら、どんなに遠い場所でもついて行くつもりだった。

「先輩の実家……っていうか養父母さんの家ってどこなんですか？」

「横浜《よこはま》」

「なんだ、超近いじゃないですか」

「慈雨も新横浜利用だっけ？」

「ですです、東京《とうきょう》だけどそっちのが近いんで」

「うちは郊外のほう。新幹線降りたらバスなんだ」

「じゃあほんと近いんですね」

それだけ近いのに滅多に帰らないんだ——と思うと、ずっしりとしたものを感じる。

双子《ふたご》の弟に欲情するという自分の事情も大概重いと思っていたが、ルカの抱える事情は比べものにならないくらいヘビーな気がした。

《五》

四月最後の土曜日の朝、慈雨はルカと一緒に恋島寮をあとにした。

小型船で本土に戻り、恋島公園からバスに乗って沼津《ぬまづ》駅へ。そこから三島《みしま》駅に向かう。

慈雨は親から与えられた常識に倣い、ルカの養父母になにか手土産を持っていかなくてはと思ったが、ルカからかたくなに止められたのでなにも買わなかった。だいぶしつこく「せめてうなぎパイだけでも」と食い下がったが、本気で止められたのだ。

ルカの家とは宗教の違いもあるので、ここはおとなしく従うことにしようと決めた慈雨は、手ぶらで三島駅のホームに立つ。

学校に預けているスマートフォンを返却してもらい、それをミリタリーパンツのポケットに入れていた。

それと薄い財布が一つとハンカチだけだ。日帰りなのでそれで十分だった。

新幹線のチケットは、うっかりグリーン車のものを買いそうになったが、一般的な高校生はグリーン車に乗らないと知っていたので、ルカと相談して普通の指定席券を買った。

あとは新幹線に乗って新横浜駅で降り、そこからバスに乗るだけだ。

──私服の先輩……ヤバい、イケメンすぎて芸能人にしか見えない！

これまで制服姿やジャージ姿、パジャマ姿、あとはバスケのユニフォーム姿しか見たことがなかったので、私服のルカがまぶしくてたまらなかった。

今日の彼は全身黒のコーディネートで、いつもの白い学ランとは印象が異なる。

クリスチャンでエクソシストの彼が黒を着ていると司祭服姿を連想するせいか、どこか禁欲的で、それがかえって艶っぽく見えた。

「先輩、とりあえず座りましょう。立ってるとメチャクチャ目立つんで」

三島駅のホームにたたずむルカがあまりにも目立つので、慈雨は彼を椅子に座らせる。

座ったら座ったで長すぎる脚が際立つが、長身で立っているよりはマシだった。

座った今でもやはり目を引き、先に行く列車の乗客がこちらを見ている。

スマートフォンで写真を撮ろうとしている人までいたので、慈雨はルカの前にサッと立ち、撮影の邪魔をして彼のプライバシーを守った。

──長身でもパパみたいな威圧感はないから、気安く撮られちゃうんだろうな……ったく、ふざけんな、俺の先輩はそんなに安くねーんだよ！

座っているルカの前をうろうろして視線をブロックしていると、ルカから「座って」と隣の椅子を示される。

前の列車が行ってホームが無人になったので、慈雨は肩の荷を下ろして椅子に座った。

「えーと、次の来るまであと二十分ですね」

「うん、そうだね」

「新横浜じゃ駅弁食べる余裕ないし、ちょっとつまんない距離ですよね」

「うん、そうだね」

「あ、でも先輩と一緒だからたのしいですよ」

「うん……ありがと」

ルカは受け答えこそするものの、見るからにぼんやりしていた。

気が乗らないのだとわかる。次の列車のチケットを持っているが、乗りたくないのだ。

そんなに帰りたくないなら帰らなくていいんじゃないですか——と、ここまで来たからこそいいたかった。

なんだかルカがかわいそうで見ていられない。

「いつか、当てのない旅とかしてみたいです。急に逆方向に乗ったりとかして」

「——逆方向？」

ルカの隣に座りながら、慈雨は自分がいった言葉を具体的に考える。

「逆方向だから、とりあえず静岡。うなぎ食べて、そこからどっか遠いとこまで行くんです」

「たとえばどこ？」

「うーん、サファリパークとかいいなぁ」

「いいね、行ったことないし」

「俺もないです。動物が父を苦手で」

「……動物が、お父さんを？」

「あ、いや……えーと、父が動物苦手で」

「そうなんだ？」

「そうなんですよー」

なにしろうちの父はティラノサウルス・レックス竜人なもので、動物のほうが怖がって逃げちゃうんですよ——とはいえなくて、慈雨は適当に誤魔化した。

「先輩、大丈夫ですか？」

行儀のいい膝の上にある手を、そっと握ってみる。

ルカは膝にぴたりと当てていた手を裏返し、慈雨の指に絡めた。

思いがけず恋人つなぎになったので、私服姿も手伝ってドキドキが止まらなくなる。

「大丈夫だよ、ありがとう」

「予定変更しても、全然ＯＫですからね」

ルカが行くというならどこまでも一緒に行くし、やっぱりやめたというなら、逆方向でもどこへでも付き合うつもりだった。

むしろぐいぐい引っ張って、帰りたくない実家から離れた場所まで連れ去りたい。

——いっそ新横浜からタクシー乗って、うちまで連れていっちゃうとか？

サプライズ帰省ですとでもいって突撃し、みんなをおどろかしつつ自慢の先輩を見せびらかそうかとも思ったが、そうするには一つ大きな懸念があった。

ルカがプールに出る悪霊を除霊したあと、慈雨は思ったのだ。

ルカはあのとき、「ほとんどの霊は、あやふやな白い靄《もや》か……あるいは、自分自身がイメージする姿で出てくる」といっていた。

そう考えると、竜人の中には死後に恐竜の姿の霊になる人もいるかもしれない——と、そう思ったのだ。

個人個人考え方は違うものの、ほとんどの竜人にとって恐竜の姿は自分本来の姿であり、素晴らしいものとされている。そう認識している以上、恐竜の姿をした幽霊というのは十分あり得る気がした。

——竜泉学院の近くに行ったら、ゴロゴロいそうなんだよな、恐竜の幽霊……。

そんなものをルカが目にしたら、どう思うだろうか。

そもそも竜人はそこら中にいるのだから、すでに恐竜の霊を見たことがあるかもしれない。

それを見て、中生代の恐竜の霊が現代に存在する——といった具合に誤認してくれていればいいが、真実に気づいてしまったら大変なことになる。

——本物の恐竜が自分の姿をきちんと認識してるわけないし、やっぱり恐竜の姿の幽霊って不自然なんだよな。知的生物じゃないと辻褄《つじつま》が合わないってことになるから、そこから竜人の存在が知られる危険はある。うかつにうちに連れていけないんだよな、やっぱり……。

もういっそのこと本当にサファリパークまで連行するか——と思っているうちに、ホームに人が増えてくる。

同じ列車に乗る人たちが、ぽつぽつと集まり始めた。

大柄でとびきり美しいルカと、金髪碧眼《へきがん》の慈雨が並んで座っていればいやでも目立つ。

慈雨は他人にどう思われようと構わなかったので、ルカと恋人つなぎのまま座っていた。

ルカも手をほどこうとはせず、二人はチラチラと寄せられる好奇の視線を浴びる。

同性愛は当たり前、当然の権利……という時代ではあるものの、実物を目にする機会は案外少ないのだろう。

「慈雨……」

「はい」

「ちょっと、重い話をしてもいい？」

もう十分に重い空気の中で、慈雨は「はい」と答えた。

それ以外の答えなどなく、つないだ手には自然と力が入る。

顔を見ていられるのはいやかなと思い、慈雨はルカの指先を見ていた。

爪まで健康的で綺麗なピンク色だったが、顔色はよくないんだろうな、と思った。

「俺が手から出す炎……あれは普通の炎と違って熱くないんだけど、燃やす霊がいなくなったあとは飛び火することがあるんだ。コントロールが上手《うま》くできないときとか、そうなる」

「……飛び火って、紙とか服とか燃やしちゃうってことですか？」

「うん、そういうこと。つまり短時間しか出せないんだ。いつまでも出しておくと熱くなって火傷《やけど》するし、可燃物を燃やしてしまう。普通の炎と同じになる」

「普通の炎と……」

ルカはつないでいないほうの手を出し、手のひらを見せてきた。

もちろん今は炎を出さないが、出そうと思えば出せる特別な手だ。

それでも見た目は普通の人間と同じで、火傷もない綺麗な手だった。

「子供の頃……自分に除霊能力があることに気づいて、それまでは鬱陶しくても我慢していた霊を片っ端から除霊するようになったんだ。霊がいなくなれば視界も良好だったし、雑音から逃れられるし、いいことばかりだった。でも……」

ルカはそのまま続きを語らず、開いていた手のひらを握り締める。

横顔はあまりにも真剣で、教会で告解でもするような顔つきに見えた。

「……新しく見つけた自分の力に、溺れていた面も、大いにあったと思う」

悔い改めるようにいったルカは、ホームドアの先にある空間に目を向ける。

慈雨の水の気によって近くには霊がいないはずだが、おそらく視線の先にはいるのだろう。いつもそういうものが見えていて、聞きたくない音が聞こえていたなら、除霊できるようになって気が大きくなるのはなんとなく想像できた。

慈雨自身も優れた異能力者で……使うべきではないときに能力を使ってしまったことがあり、自分のことのように理解できる。

「父親から、『特に悪いもの以外は放っておきなさい』といわれてたのに、俺は、面白半分に除霊を続けて……気がついたときには、部屋の可燃物に引火してたんだ」

「……え？」

「カーテンが燃えて……絨毯《じゅうたん》にも火が点いて……そうなったらもう、自分の力で消せる火ではなくなっていて……家が火事になった」

「――先輩……っ」

「俺は、自分が火を点けておきながら、『助けて、助けて』って親に泣きついて……それで、助けてもらったんだけど……家は燃えて、両親は焼け死んだ。俺だけが助かったんだ。だから、本当に申し訳なくて……当時は自分自身のことも、特殊な力も憎んだし、もう二度と使っちゃいけないと思った。……でも……一年くらい学校にも行かずに塞ぎ込んでいたら、伯父さんや伯母さんに説得されて、やっぱり、そうじゃないって思うようになったんだ。自分の能力から逃げるんじゃなくて、父さんのような立派なエクソシストにならなきゃって……」

少し痛いくらい手を握られて、慈雨は逆に力を失っていく。

ルカが重い話と前置きした話の重さに、とても耐えられなかった。

それでいてあまりにも自分と似ていて、理解はできる。我が事のようにすら思う。

慈雨も幼いときにプールの水をシャーベット状に凍らせてしまい、二番目の弟のミハイロを殺しかけたことがあった。

幸い親が気づいたおかげで未遂に終わったが……ミハイロが普通の子供だったら、おそらく死んでいただろう。

もしもあのまま殺してしまっていたら、今頃自分はどうしていただろうかと思う。

少なくともここにはいなかっただろうし、親に甘えて恋くらいしか悩みがない今とはまるで違った人生を歩んでいただろう。

「俺を立ち直らせてくれて、育ててくれた伯父夫婦には、恩があるんだ」

「はい……」

「だから、気が乗らなくても帰らなきゃ」

「はい」としかいえない慈雨の視界に、列車が滑り込んでくる。

ホームドアと列車のドアが開いてから、つないでいた手を名残り惜しくほどいた。

三島駅から新横浜駅まで、二人が乗った新幹線では二十四分しかかからず、会話がなくても不自然ではなかった。

　慈雨は頭の中が真っ白な状態で、なにをいっていいのか本当にわからなかったし……ルカは話したくも話しかけられたくもなさそうだったので、お互いに景色を見てすごした。

　まだ朝といえる時間帯に、新横浜駅に到着する。

　バス停の場所を確認するなど必要最小限の会話はあったものの、それ以外はほぼ無言の状態だった。

　バスの中で慈雨は久しぶりに手にしたスマートフォンを確認したくなり、「ちょっとスマホ見ていいですか？」と訊いて、それ以降は際限なくスマートフォンをいじってすごした。

　こういうときのスマートファンは本当に便利で、気まずい時間を容易に潰せる。

　沈黙の道のりはあっという間にすぎていき、横浜市郊外にあるバス停で降りた。

　高い建物がほとんどない、お屋敷町といった風情の閑静な高級住宅街だ。

　バス停から二分ばかり歩いたところに、低層マンションが建っている。

「ここの四階なんだ」

　ストイックな印象の黒ずくめのルカに続いて、慈雨はマンションの敷地に足を踏み入れた。

　富裕層が好みそうな贅沢《ぜいたく》な低層マンションは、エントランスからして広々としていた。

　フロントにはコンシェルジュがいて、「おかえりなさいませ」と声をかけられる。

慈雨は竜嵜グループ総帥の長男なので、ルカの養父がどれだけ裕福でもおどろきはしないが、マンションの名前が『レジデンス是永』だったことには少しおどろいた。

いちいち訊かなかったが、建物全体が是永家のものなのだろう。

オーナーらしく最上階を占有している是永家に到着すると、少しばかり緊張した。

ルカは養父母に恩義をいだいているが、あまりよい関係ではないようで……そんなところにいきなり来てよかったのだろうかと今になってあせりだす。

──俺がいることで、先輩が少しでも楽でいられたらいいんだけど……まあとりあえず俺は高性能空気清浄機なわけだし、水の気をいっぱい放出しておこう。

水の気の出し方などよくわからなかったが、慈雨は気合いを入れて姿勢を正す。

コンシェルジュから連絡を受けたのか、こちらがアクションを起こす前にドアが開いた。

「ルカさん、おかえりなさい」

品がよく美しい女性が、にっこりとほほ笑みながら迎えてくれる。

年齢はおそらく四十代くらいで、家にいるのにきちんとしている印象だった。

「伯母さん、ただいま帰りました。こちらはルームメイトの竜嵜慈雨くんです」

「初めまして、竜嵜慈雨です。突然お邪魔してすみません」

慈雨が挨拶をすると、夫人は目を爛々《らんらん》と輝かせて「まあ可愛いっ」と声を上げる。

そうこうしている間に、広い玄関の奥から背の高い男性が姿を見せた。

「こんにちは、ルカの伯父です」

早速挨拶をしてきた是永清隆は、ルカの伯父だけあって大層な二枚目だった。

年齢は四十代か五十代くらいだと思われるが、スマートで品があり、姿勢がよくて若々しく、英国紳士のような風情がある。

生きていればルカの父親もこんな感じだったのだろうと思うと、胸に迫るものがあった。

ここがもしルカの生家で、迎えてくれたのが本当の両親だったなら、ルカの表情も雰囲気も今とはまったく違っていたに違いない。

「初めまして、ルカ先輩のルームメイトの竜嵜慈雨です」

挨拶をした慈雨に、是永清隆は「いらっしゃい」と笑顔を向けてきた。

ルカが帰省をいやがっていたので是永夫妻にあまりよい印象をいだいていなかった慈雨だが、実際に会ってみるとイメージが変わる。

二人とも笑顔が魅力的でルカに通じるところがあり、伯父の清隆に至っては声まで少し似ていた。どうしたって好印象をいだかずにはいられない。

さあどうぞどうぞと招かれて、慈雨はリビングに通される。

やっぱり手土産を持ってくればよかった——と後悔して、「手ぶらで来てすみませんっ」と謝ると、「あらそんなのいいのよー。来てくれるだけで十分!」と夫人に肩を叩かれた。

「今すぐお紅茶を淹《い》れるわねー」と、ある意味ではやけに高いテンションで迎えられる。

歓迎されるのは単純にうれしかったが、ルカの話から受ける印象とあまりにも違いすぎて、少々戸惑わずにはいられなかった。

——この人たちのなにがそんなに苦手なんだろ？　先輩はいつもニコニコほがらかだけど、あんまりテンション高くないから……合わないってことかな？

一度はそう考えた慈雨だったが、学校でのルカは誰とでも上手くやっている。テンションの高い人が苦手といったふうでもなく、どんなタイプも受け入れて、いつだってたのしそうにしていた。

「はい、紅茶をどうぞ。熱いから気をつけてね」

いい香りと共に紅茶が出てきて、慈雨の親の趣味とはまったく違う華やかなティーセットが置かれる。

「ありがとうございます……どうかお構いなく」

アンティーク風の調度品が並ぶリビングで、慈雨は夫人にぺこりと頭を下げた。

ローテーブルの中央にはたくさんの菓子が置かれていて、「どうぞ」と勧められたが、誰も手をつけなかったので慈雨も手を出さなかった。

友人の家に行った経験などがほとんどないので、馬鹿をやってルカに恥を掻かせないよう、失礼なことをしないようにと、慎重に振る舞う。

「竜嵜くんはどうして聖ラファエルに？」

正面に座っている清隆に訊かれ、慈雨は改めて背筋を正した。

「海の近くにあるのが魅力的だったからです。あとはやっぱり、全寮制で……親離れするのにいいなって思いました」

「それはよかった。ルカと同じ学校に入ってくれて感謝しています」

「いいえ、そんな……」

慈雨の答えに清隆は満足そうな顔をして、「本当にありがとう」と礼をいう。

この場合、「うちのルカと友だちになってくれてありがとう」という意味なのかと思ったが、そう考えると慈雨はますます混乱した。

自分が知っているルカは、誰とでも親しくできるタイプであり、むしろ親しくなりたい人が多すぎて困るくらい人望と人気がある。

伯父夫婦の目から見たら、火災や両親の死のショックや、周囲の不理解などにより、一学年遅れてしまうほど問題があった甥《おい》っ子で、十七歳の今でも心配でしかたないのかもしれないが、慈雨としてはそんな心配は払拭したいところだった。

「ルカ先輩はすごく人望があって、みんなのあこがれです」

「あらまぁ、そうなの？」

「はい。ルームメイトになれた俺はすごく運がよかったと思ってます。いつもクラスメイトにうらやましがられてます」

事実をハキハキと述べた慈雨は、横にいるルカにちらりと目をやる。

ルカは慈雨の言葉に別段反応を見せず、借りてきた猫のように……あるいは人形のように、行儀よくソファーに座っていた。

——先輩？

ルカの様子がおかしいと思いながらも、慈雨は勧められるまま紅茶を口にする。

アールグレイの香りに、なんとなく不自然な甘さを感じなくもなかったが、出されたものをそのまま飲んだ。

音を立てないよう気をつけながら、舌でも妙な甘さを感じる。

美容にかなり気を遣っていそうな夫人なので、ゼロカロリーの甘味料でも入っているのかと思った。

「竜嵜くんのお父様はなにをされている方なの？」

清隆の隣に座った夫人の問いに、慈雨はいつも通りの答えを用意する。

あまり大きく嘘をつくとボロが出るので、「くわしくはわからないんですが」と前置きして、「会社をいくつか経営してます」と無難に答えた。

「お忙しいんだろうね」

「はい、あ……でも父は家族との時間を大事にしてるので、休むときはちゃんと休むし、よく旅行とかに連れていってくれます」

「まあそうなの、いいお父様ねぇ」

「竜嵜くんはお父さん似なのかな？」

父親のことをよく訊くな……と思いつつも、慈雨は自分の外見がいわゆる外国人らしいことを自覚しているので、清隆の質問を自然なものとしてとらえていた。

「えーと……肌の色は父親似で、髪の色は母親似です。目の色は隔世遺伝っぽいんですけど、それに関してもよくわからないんです。ちょっとした突然変異ってことで」

適当に誤魔化して笑うと、夫人が大袈裟《おおげさ》に「まあそうなの、素敵ねぇ」と声を上げる。

「お父様は外国の方なの？」

「日本人ですけど、父方の祖父がアメリカ人です。ハワイ出身で」

「お母様も日本の方？」

「はい、日本人です。クォーターですけど」

なんだか親のことばかり訊かれるな……と少しげんなりし始めた頃、視界がなぜかゆがんで見える。

直線であるべきものが波のように見えたり、平らなものがふくらんで見えたりと、なんだか目がおかしかった。

頭の芯がぼうっとして、ひと様の家にいるのに眠くなる。

瞼《まぶた》が勝手に閉じてしまい、あわてて見開いてもまた閉じる有り様だった。

ルカのほうを見てみると、先ほどまでは人形のようだった彼がこちらを見ている。

心配そうな顔をしていた。

なにか、ひどく悪いことをしたときのような……申し訳なさそうな顔にも見えて、声をかけたくなる。

「……しゃんはい？」

先輩といったつもりなのに、声がまともに出ない。

もう一度呼んでみようと思ったが、やはり呂律《ろれつ》が回らない。

おかしい、なにか盛られたのか……と気づいたときにはもう、ルカの胸に倒れ込んでいた。

「慈雨っ」

「——っ、しゃ……は……」

「やったわ！　貴方《あなた》、すぐに注射して！　早く！」

真っ暗闇の中で、夫人の声が聞こえてくる。

明るくてテンションの高い、気のいい夫人の声とは別物になっていた。

高圧的で勝ち誇るような声で、「人間用でもちゃんと効いてよかったわ！　あとは猛獣用の麻酔を打つのよ！」といっている。

「手荒な真似はしないでください！」

ルカの声も聞こえてきた。

いつものルカとは違う、張り詰めたような声だった。

なんとなく状況が見えてきて、慈雨は可能な範囲で手足を動かし、もがく。

ヤバい、これは相当ヤバいかも——そう思いながらも、どうしても瞼が上がらない。

もがいても体勢はあまり変わっていないようで、自分が今どこにどうなっているのかまるでわからなかった。

ルカにもたれかかっている気はするが、真っ暗なので確信は持てない。

耳だけはしっかりと機能していて、バタバタと聞こえる足音をとらえていた。

是永夫妻の足音だけではなかった。

もっと大人数の足音が、どどどっと迫ってくる。

玄関のドアが開いたような音がしたので、何人か新たに入ってきたのだろう。

ますますヤバい——と思ったそのとき、左腕に鋭い痛みが駆け抜けた。

——注射？　猛獣用の麻酔？

体内に液体が入ってくる感覚がある。

ああ、まずいな……これは厄介だなと思う。

ひとまず針が抜かれるのを待ち、右手を注射痕に持っていった。

小さな穴を開けられた皮膚を辿《たど》り、手のひらで圧迫する。

今ある力をかき集めて、とりあえず殴るなり蹴るなりしようかと考えた。

しかし簡単に決断するわけにもいかない。

自分は人間ではないから、本気で暴れたら相手は無事では済まないのだ。

拳一つ、蹴り一つで人間の骨を砕き、内臓を潰して息の根を止めてしまうかもしれない。

自分が今もたれかかっているのはルカではなく、ソファーの座面のような気がしてきたが、それが絶対とはいい切れない。

そうだったとしてもルカが真横にいるかもしれず、本気の力なんて出せなかった。

――先輩……俺が竜人だって知ってたの？　俺を、売ったの？

ルカの裏切りにじわじわとショックを受けていたが……それでも、ルカを殴るなんて、蹴るなんて、そんなことは考えられなかった。

あの人を雑に扱ったり乱暴したり、そんなの絶対あってはならないのだ。

誰であろうと許さない。自分であろうと許せない。

心にも体にも、傷一つつけちゃいけない――そう思った。

「地下室へ連れていけ！」

先ほどの紳士的な話し方とは打って変わって威圧的な、清隆の声が聞こえてくる。

「はい！」と応じる声と、複数の足音が重なり合っていた。

「話が違います！　血を採るだけならここで済むでしょう⁉」

ルカが反発し、清隆や夫人と激しくいい争う。

複数人の声が重なってよく聞き取れなかったが、ルカが感情的に声を荒らげていることや、地下室行きを阻止したがっているのは間違いなかった。

裏切りは事実でも、ルカはこれ以上の事態悪化を望んではいないのだ。

——先輩……大丈夫だよ。俺は、先輩が思ってるよりずっと強いから……だって、暴君竜の息子だもん。あの竜嵜可畏の……長男だもん！

強い眠気に襲われながらも、慈雨はルカの気配を探す。

ルカがどこにいるのかも自分がどうなっているのかもわからなかったが、少なくともルカが自分のすぐそばにいないことはわかった。

声は少し遠くから聞こえてきて、どんどん引き離されていくのが感じられる。

——ちょっと心細いけど、先輩は離れてくれたほうがいい。そのほうが思うように動けるし、俺が人を殺すところ……先輩には見られたくない……。

最悪全滅させることも視野に入れ、慈雨は眠らないよう注意しながら耳を澄ませる。

ストレッチャーと思われるものに乗せられて、ガラガラと外に運び出されるのがわかった。

複数人と一緒にエレベーターに乗り、地下室まで連行されるらしい。

——是永家の人たちは昔から霊能力があるわけだし……たぶん、恐竜の幽霊とかを見ていて、竜泉学院や竜嵜グループが人間の集団じゃないってこと、疑ってたのかもしれない。おそらく、パパが親玉だって気づいてるんだ。それで……息子の俺の血を狙ってる？

血を抜かれるだけでは済まないのかもしれないが、血だけでも冗談じゃないと思った。超人的再生能力を手に入れるためなのか、それとも金のためなのか……目的はわからないが、いずれにしても血の一滴たりとも渡したくない。

竜人の存在は知られてはいけないものだと、幼い頃からきびしく教えられてきた。力の秘密や遺伝子情報が詰まった血液など、あげられる道理がない。

竜人界を揺るがす愚か者になんて、絶対なりたくない。

――先輩……ごめんね。先輩の身内の人、殺しちゃうかも……。

エレベーターが地下に到着したらしく、またストレッチャーごと運ばれた。

ベルトなどで拘束されることはなかったので、慈雨は意識のない振りを続ける。

おとなしく運ばれながら、殺さずに済む方法を考えていた。

「猿ぐつわと手錠をして、猛獣用の檻《おり》に入れろ」

清隆の声が聞こえてきて、若い男が「はい」と応じる。

別の男が「血液は手錠をしてから抜きますか?」と質問すると、清隆は「念のためそうしろ。麻酔がいつまで効くかわからないからな」と興奮気味に答えていた。

「ここでは血液だけ抜いて、本体は製薬会社に引き渡すんだ」

清隆の発言を聞いて、慈雨は彼らの目的を大方察する。

おそらく彼らは、竜人のことをすでにある程度知っているのだろう。

竜寄可畏の血筋に特に再生能力が高い竜人がいることまで、把握しているのかもしれない。

いつだったか、聖ラファエルの保健医にいわれた言葉を思いだした。

骨密度が異常に高い慈雨の体は、製薬会社や食品会社など、あちこちで重宝されそうだと、そういわれたのだ。

——ルカ先輩のいる学校に、竜寄可畏の息子が偶然転校してきた……から、先輩を使って、俺を拉致することにしたってわけか。先輩が副寮監になれば転校生と同じ部屋になるし、俺の血を採ったり人体実験みたいなことができれば、製薬会社にとっておいしいものが山ほど手に入るだろうから……。

猿ぐつわや手錠を嵌《は》められるのを避けたい慈雨は、最初に飲まされた人間用の薬物の効果が切れているのを確認する。

やはり人間用は長く効かず、強い眠気はすっかりなくなり、意識は冴《さ》えていた。

今の状態なら的確な手加減が可能で、命を奪わない範囲で滅多打ちにすることもできる。

慈雨は眠った振りをしながら薄目を開け、状況を確認した。

是永清隆と、その妻、そして若い男が六人もすぐそばにいる。

——さて、そろそろやりますか……。

拘束される前に暴れると決めると、「慈雨！」と悲痛な声が飛び込んできた。

病院の手術室のような地下室に、ルカが遅れて駆け込んでくる。

エレベーターを追って階段で来たのだろう、ハァハァと息を乱し、顔には明らかに殴られた痕があった。

「先輩！」

ルカの顔の傷を見るなり、頭にカーッと血が上る。

眠った振りなどしていられなくなり、慈雨は勢いよく起き上がった。

その途端に「うわあああ！」と悲鳴が聞こえ、慈雨を過剰に恐れる男たちが銃を取りだす。

まさか銃が出てくるとは思わなかったので、慈雨は反射的に両手を上げた。

降参のポーズを取って隙を狙うつもりだったが、その仕草にさえ男たちは恐れおののく。

ふたたび「うわああ！」と叫びながら、男の一人が引き金を引いた。

シュバッと、サイレンサー付きの銃特有の発射音がする。

右耳に熱が走った。耳の一部が吹っ飛んだのがわかる。

血や肉片が頬や首に飛んできて、瞬く間にシャツが血塗《ちまみ》れになった。

「慈雨！」

「いって……っ、いてーじゃん！」

彼らは竜人を獰猛《どうもう》な獣かなにかだと思っているのだろう。

猛獣用の麻酔が効いていないとわかるや否や、男たちは狂ったように怯《おび》え、ギャアギャアとカラスのように叫びながら銃口を向けてくる。

「やめろ！」

ルカの声が、地下室に反響した。

さらに銃弾を浴びそうになった瞬間、ルカが慈雨と男たちの間に割り込んでくる。

シュバッと鈍い銃声が聞こえ、ルカの体が弾《はじ》けた。

慈雨が乗るストレッチャーに、ルカが激しく衝突する。

「先輩……っ、先輩！」

ルカの右上腕から、噴水のように血が噴き上がった。

それが慈雨の視界を真っ赤に染めて、正気を木っ端微塵《こっぱみじん》にぶち壊す。

気づいたときにはストレッチャーから下り、ルカを撃った男に強烈な飛び蹴りを食らわせていた。

「ぐはぁ――ッ！」

蹴られた男は奥の壁まで吹っ飛んで、したたかに全身を打つ。

げふりと血を吐く男を尻目に、清隆が「部屋を出ろ！」と全員に指示した。

「出ろ！　早く出ろ！」

清隆と、その妻、そして動ける五人の男たちが地下室から飛びだす。

扉は一つしかなく、外から施錠されたのがわかった。

「先輩っ、先輩……血が、血がこんなに……！」

負傷したルカと、血を吐いて失神している男と共に残された慈雨は、一旦ルカを床に座らせ、ストレッチャーに寄りかからせる。

ルカを失う恐怖で全身が震えだし、今にもパニックを起こしそうだった。

それでも正気を取り戻さねばという理性はあり、そのために父親の顔を思い浮かべる。

どんなときでも強い竜嵜可畏は、いつだって愛する者を守るために戦ってきた。

強さだけではいけない、愛だけでもいけない——勝つには冷静さも必要だ。

——俺は竜嵜可畏の息子……負けない、大丈夫だ、冷静でいろ！

こんなとき父親ならどうするか、それを考えながら状況を把握する。

慈雨は壁際で意識を失っている男に駆け寄り、サイレンサー付きの銃を手に取った。

意識が戻った際に撃たれないよう、弾を抜いて対角線上に放り投げる。

——空調が変わった……催眠ガスか？

その可能性を一瞬前に思いついていた慈雨は、空調の変化をいち早く感じ取った。

敵の監視下で能力を使いたくはなかったが、ガスマスクなどは当然見当たらず、やむを得ず空気を凍らせることにする。

催眠ガスが充満する前に空気中の水分を凍らせながら引き寄せ、ルカと自分が入れる程度のシェルターを形成した。

「先輩！　止血するから！　ちょっと痛いけど我慢して！」

自ら作った氷のシェルターの中で、慈雨はルカの上腕に自分のシャツを巻きつける。

痛みにうめくルカの表情を見ると、くやしくて涙がにじみそうになった。

ルカには傷一つつけたくなかった。

顔を殴られただけでも許せないのに、こんな銃創までつけられるなんて……撃った奴と是永家の連中はもちろん、守れなかった自分のことも許せない。

「……慈雨、ごめん……っ、ごめん……」

「先輩、いいから！　なるべく動かないで！　すぐ救急車呼ぶから！」

「製薬会社に……っ、カイザー製薬に……血液だけを渡すって……いわれて……」

「先輩、そんなのいいから動かないで！」

血と汗で汚れたルカの顔は、これまで見たこともないほど青ざめていた。

美しい形の眉がゆがみ、唇は紫色を帯びている。

「もっときつく締めるけど、我慢してっ！」

「――ッ、ゥ」

ぎゅっとシャツを締めると、ルカはうめき声すらこらえて痛みに耐えていた。

「慈雨……麻酔……っ、猛獣用の、どうして……っ」

「……ん？　どうして効いてないかって？」

慈雨は氷のシェルターの外の様子をうかがいながら、パンツのポケットに手を入れる。

そこから十センチほどの氷の柱を取りだし、ルカに見せてからパリンと砕いた。

「注射された穴から、薬剤だけすっぽ抜いておいたから」

「――っ、そんな……ことまで……」

「まあね、俺はそんじゃそこらの竜人とはレベチなんで」

慈雨はポケットからスマートフォンを取りだしたが、予想通り圏外で使えない。

救急車をすぐに呼べないからといって、ルカに自分の血を与えるわけにもいかなかった。

水竜人寄りの慈雨の血は、陸の竜人以上に人間離れしており、飲ませれば毒になる可能性が高い。

「先輩、俺の血……舐《な》めないように気をつけて、たぶん毒だから」

そういったときにはもう、一部が吹っ飛んだ慈雨の耳は完全に再生していた。

それに気づいたらしいルカは、おどろきに目をみはりながらも、ほっとした表情を見せる。

「先輩……」

そんなルカが愛《いと》しくてたまらなかったが、慈雨は次の手を考えなければならなかった。

氷のシェルターの中に避難したことで催眠ガスは避けられるものの、このままずっというわけにはいかない。

早くルカを病院に連れて行かなければ、出血多量で命にかかわる。

「――っ、先輩……あれ、なに?」

どうしようかと考えているうちに、シェルターの外に黒い靄を見つけた。

透き通る氷の壁の向こうから、なにか大きなものがこちらに迫ってきている。

「黒い……なんだろう、あれ……煙⁉」

まさかとあせった慈雨に、ルカが「違う」と首を横に振った。

深手を負いながらも身を起こし、ゼイゼイと喘鳴《ぜんめい》をくり返して胸元を探る。

「悪霊……を、送られてる」

ルカは服の中からロザリオを取りだすと、痛みを含んだ声でつぶやいた。

「悪霊を送るって……っ、先輩の伯父さんが？」

「あの人は、優れた退魔師だから……っ」

エクソシストではなく退魔師といったルカは、「俺が祓《はら》う」といってさらに身を起こす。

ルカに無理をさせたくなかったが、ドアのほうから地下室に染み込んでくる悪霊は刻一刻と大きくなり、濃厚な漆黒に変わっていった。

「こんなのに憑かれたら、死んじゃう？」

「いきなり死にはしないけど、たぶん……起き上がれなくなる……慈雨を、狙ってるんだと、思う……動きを、制限しようと……」

「先輩っ、大丈夫？　無理しないで」

氷のシェルター目掛けて迫ってくる闇が、空気を重くしている実感がある。

実際の空気はシェルターの外と中で区切られ、まったく違うはずなのに、それとは無関係にいやな重みが伝わってきた。

「天にまします……っ、我らの父よ。願わくは……御名をあがめさせたまえ。我らに……罪を犯すものを、我らが……赦すごとく、我らの罪をも……赦したまえ……っ」

ルカは黄金の十字架を握り、天井を見上げながら十字を切る。

手術室に似た地下室のドアや天井から、コールタールがにじみ出てくるようだった。

痛みのせいで集中しづらいのか、ルカは炎を出せずに汗を滴らせる。

先輩、無理しないで——そう声をかけて止めたくてしかたなかった慈雨は、歯を食い縛って言葉を呑んだ。除霊の邪魔にならないよう、ひたすら黙って見守る。

「——アーメン！」

次の瞬間、ルカの手から青い火花が散る。

さながら火炎を放射したかのように、青い炎が天井に向かって燃え上がった。

氷のシェルターをなきがごとく貫いて、天井に広がる陰鬱な闇に引火する。

部屋中の壁が青い光に照らされるのを、慈雨は氷の中から見上げていた。

ルカの聖なる炎は、悪霊が大きければ大きいほど燃え広がり、美しい。

人の命を奪うこともある恐ろしい炎だと知った今も、その美しさに変わりはなかった。

「先輩！　しばらくここでじっとしてて！」

「すぐに救急車呼ぶから！」

「慈雨……っ」

送り込まれた悪霊がすべて燃え尽き、焼失したのを目にするなり、慈雨は氷のシェルターに手を触れる。

自分が通る分だけを一時的に解凍し、ずるりと水の壁を通ってシェルターの外に出た。

悪霊が消えても催眠ガスが満ちている地下室の中で、息を止めてドアに向かう。

多少の痛みは覚悟しつつ、ドアを思いきり蹴り飛ばした。

ガンガンと音を立てて本気で蹴っても、すぐには破壊できなかった。

けれども超人的パワーでさらに蹴りをくり出すと、鍵とノブが同時に壊れる。

ドアの外にはエレベーターホールがあり、そこに是永清隆と、その妻、若い男ら五人が銃を手にして待っていた。

いきなり一発撃たれるが、弾丸はドア枠に当たって弾ける。

急所を撃たれまいとして、慈雨は側転して大きく避けた。

「来るな！　この化け物が！」

「フリージング！」

化け物といわれるなり両手を開き、慈雨は七人の手元を一気に凍りつかせる。

引き金を引けないよう手指を固めてから、女を含む全員に次々と飛び蹴りをお見舞いした。

本当は殺してやりたいくらいだったが、親が悲しむので人間向けに加減する。

ぐはっと血を吐きもだえる七人を余所《よそ》に、慈雨は階段を目掛けて走った。

エレベーター横の階段を上がり、マンションの一階まで行ってスマートフォンを取りだす。

父親に連絡することも考えたが、その前にまず救急車を呼ばなければならなかった。

警察上層部には竜人が潜伏しているため、竜人絡みの話はあとでどうとでも誤魔化せる。

今はとにかく救急車を呼び、そのあと警察を呼ぶのが最優先だ。

一一九番に電話をかけると、『火事ですか、救急ですか?』と問われる。

救急です——そう答えようとした瞬間……血塗れのルカの姿が浮かんできた。

救急車が確実に来てくれると思うと安堵《あんど》はあるものの、まだ不安も大きくて——「救急車をお願いします!」というなり、涙がぶわりとあふれだした。

《六》

慈雨の通報によってルカは横浜の大学病院に運び込まれ、銃弾を摘出するための緊急手術を受けた。

現場で骨折などをして倒れていた是永家の八人は、銃刀法違反と、未成年者略取誘拐容疑で逮捕された。そのうちの一人には、ルカに対する殺人未遂の容疑もかかっている。

ルカは病室で警察の事情聴取を受けたが、竜人のことは一言も話さなかった。

その代わり是永家が率いる崇星会《すうせいかい》という宗教団体の名前を出し、「お告げにより竜嵜慈雨の体を神に捧《ささ》げなければならなかった」と証言した。

「先輩、起きていて大丈夫ですか？　横になっててください」

警察が一旦引き上げたので、慈雨は面会の許可をもらって病室に入る。

すでに日は落ち、夕方になっていた。

事情聴取の一部は慈雨の耳に入っていたが、すべてを聞いたわけではない。

まだわからないこともあるものの、今はとにかくルカが助かったことで一安心していた。

「先輩、ほんとに横になって」そううながすが、ルカはベッドの背を起こしたまま寝ようとはしなかった。

点滴を受けながら無理をしているルカの姿が痛々しくて、胸が締めつけられる。

自分の痛みのように感じるが、竜人とは違ってルカが受けた傷は簡単に治らない。

痛みは今もあるだろう。顔を殴られた痕はいずれ消えるとしても、上腕の銃創はきっと一生残ってしまう。

「先輩、大丈夫？　大丈夫なわけないよね」

この美しい人に傷をつけたくなかった――慈雨の中ではそんな想《おも》いがなによりも大きく膨れ上がり、また涙が込み上げそうになる。

一度は裏切られたにもかかわらず、怒りよりも悲しみよりも、くやしさが勝っていた。

本来なら自分が責任を感じることではないのだろうが、そういう理屈抜きにくやしい。

自分はあの場にいた誰よりも強いはずなのに、ルカを守ってあげられなかった。

それどころか守られる形になってしまい、人間の身のルカが負傷したのだ。

地下室にルカが飛び込んできた瞬間、自分はどう動くべきだったのか……いまさら遅いが、頭がシミュレーションをやめようとしない。

ルカに銃弾が当たるのを回避する方法は、確実にあったのだ。

自分が上手く対処できていたら、ルカが撃たれる展開にはならなかった。

「慈雨……本当に、申し訳ないことしたと思ってる」

「先輩、そういうの、もういいから」

「いいわけがない」

そういってベッドから下りようとするルカを、慈雨はあわてて止める。

ここぞとばかりに竜人としての腕力を使い、ルカがどうしたって立ち上がれないよう、腰や脚をベッドに縫い留めた。

「慈雨……放してくれ」

「先輩が、このまま動かないって約束するなら放してあげる」

「──ッ」

手を放したら床に土下座でもしかねないルカの体を、慈雨は両手で固定し続ける。

なにをどうしてもびくともしないことを理解したのか、ルカはあきらめた様子でうなずいた。

紫色を帯びた唇からひどく熱っぽい息を吐き、「本当に、ごめん」と、何度目かわからない謝罪の言葉を口にする。

「伯父たちが、万病に効く薬や……永遠の若さに惹《ひ》かれていることも、製薬会社からの多額の報酬のために動いてるってことも……だいたいわかってたのに、最後まで徹底して拒むことができなかった。恩があるからとか、そんなの全然理由にならないし、血液を少し採るだけならいいとか、そんなふうに考えて……伯父たちに協力した俺が馬鹿だったんだ」

「先輩、俺は……正直いえば……先輩に売られたって知ってすごいショックだったけど、でもやりたくてやったわけじゃないのは最初からわかってたし……誘拐とか人体実験とか、そんな大事《おおごと》になると思ってなかったのもわかってる。だから、もう謝らなくていいから」

そうはいかないといいたげに首を横に振るルカに、慈雨は「いいから」と繰り返す。

ルカにも罪があるのはわかっているものの、やはり怒りの感情よりもくやしさが大きくて、筋通り謝られてもしっくりこなかった。そんなことよりも、とにかく早く元気になって、元の笑顔を取り戻してほしい気持ちが大きい。

「なんか、俺のほうこそごめん……本当は、俺がもうちょっと怒ったほうが、先輩の感情的にスッキリするのかもしれないけど、でも、やっぱり……俺は人間じゃないから」

「慈雨……」

「先輩に裏切られた怒りよりも、竜人として、強者として、あの程度の修羅場を一人で上手く片づけられなかった自分の……不甲斐《ふがい》なさとかを嘆く気持ちのほうが、大きいんだ。なかなかわかってもらえないかもしれないけど……それはもう、どうしようもないくらいに」

慈雨はルカの脚を片手で押さえたまま、銃弾を受けた右上腕に手を伸ばす。

触れるか触れないか程度の加減で、厚い包帯の上に手のひらを当てた。

「先輩、痛い？」

「いや、今は……大丈夫」

「先輩……あのさ、これから先なにがあっても……身を挺《てい》して俺を庇《かば》ったりしないで」

「慈雨……」

「俺、人間じゃないから。人間の先輩に庇われるの、ほんとつらいから」

「──けど、ああいう事態になったのは俺のせいだ」

「誰のせいとか関係なく、いやなんだよ」

ルカの体に食い込んだ銃弾が、自分に当たればよかったのにとつくづく思う。

あの瞬間を、もう一度やり直したくてたまらなかった。

無力な自分を打ち据えたいくらいだ。

「──あ……」

くやし涙をこらえているとスマートフォンが振動して、ミリタリーパンツのポケットの中でブルブルと音が立つ。振動のパターンからして、親からの連絡だとわかった。

「ちょっとすみません」

慈雨はルカから一旦離れると、スマートフォンを取りだす。

父親の可畏からメッセージが届いていて、『病室に着いた』と書いてあった。

病院に着いた──と一瞬見間違えたが、病室と書いてあったのであわててドアに向かう。

スライドドアを開けて個室から出ると、廊下に可畏と潤と倖の三人が立っていた。

可畏の背後には、巨大なティラノサウルス・レックスの影が聳《そび》えている。

「パパ……」

親の顔を見たことによる安堵よりも、慈雨の胸には不安のほうが大きかった。

潤はともかくとして、可畏は今回のことで激怒するのではないかと思い、その結果が怖い。

それなりに情けがあるためルカに制裁を加えるとは思っていないが、場合によってはルカと引き離されそうで、それが一番いやだった。

聖ラファエル学園を去りたくないし、ルカと離れたくない。

そんなことはもう、考えられないことになっている。

「警察からおおまかな話は聞いた。宗教団体が絡んでいるそうだな」

「あ……うん。崇星会っていう、宗教団体……事実上は退魔師の組織なんだって」

慈雨もくわしいことはまだ聞いておらず、「先輩は、そこに所属してる退魔師だったんだ。いわゆるエクソシストみたいな」とだけ補足した。

「お前の先輩に話を聞けるか？」

「うん、少し熱があるけど……大丈夫だと思う。ちょっと待ってて」

慈雨は可畏にそういってから、ルカに確認を取ろうとする。

振り返ってスライドドアを開こうとすると、目の前でドアが開かれた。

ルカが点滴スタンドにつかまりながら立っている。自ら廊下に出ようとしていた。

「先輩っ、駄目だって！」

おとなしく寝ていられないルカの気持ちもわからないではなかったが、慈雨はすぐにルカの体を押し戻す。点滴スタンドごとベッドに向かって力任せに押して、一八五センチある大きな体を抱き上げてベッドに座らせた。

「慈雨、放してくれ……御両親に謝りたいんだ」

「そのままでいいから、誰も望んでないことしないでください」

慈雨はルカにきびしくいうと、再び腰と脚をぐっと押さえつける。

ベッドから動けないよう固定して、「どうぞ入ってください」と親たちに声をかけた。

開けっ放しになっていたスライドドアから、可畏と潤が入ってくる。

少し遅れて倖も入ってきて、「失礼します」といってドアを閉めた。

「──っ、初めまして、慈雨くんのルームメイトで……是永ルカといいます。このたびは僕と僕の身内が……とんでもないことをしてしまい、本当に申し訳ありませんでした」

慈雨からの連絡を受けて病院に駆けつけた可畏と潤、倖の三人に対し、ルカはベッドの上で深々と頭を下げる。

可畏は険しい顔をしていたが、潤は開口一番「怪我は大丈夫?」と訊いていた。

そのまますぐに、「慈雨の両親と弟です」と、潤がまとめて自己紹介する。

ルカは自分の怪我についてはなにも答えず、「本当に申し訳ありませんっ」と、さらに深く頭を下げた。

「崇星会という宗教団体が絡んでいると聞いている。神のお告げで慈雨が狙われたとも聞いた。そのあたりをくわしく聞きたい」

可畏が冷淡な口調でいうので、慈雨はひやひやとしながらルカの言葉を待つ。

事態が悪い方向に行かないことを祈りつつ、ルカの身をしっかりと押さえ続けた。

「ベッドの上から、失礼します。崇星会は……全国各地から除霊の依頼などを受け、退魔師を派遣している組織です。あくまでも退魔師の団体なので、神のお告げ……といったものは本来ありません。ですが慈雨くんが狙われたことについては、そう説明するしかありませんでした。超人の血を持っているからとか、そういうことをいうわけには……いかなかったので」

右上腕に分厚い包帯を巻かれた痛々しい姿で、ルカは途切れ途切れに説明する。

可畏は相変わらず険しい表情のまま、「いわゆる霊能力者の団体なんだな?」と確認した。

「はい、僕もその一人です」

ルカは可畏を真っ直《ます》ぐに見上げながら答えたが、間に潤が割り込んでくる。

「可畏、立ってると威圧感すごいから……ここに座ってしゃべって」と着席をうながした。

潤はルカを責めるようなことは一切いわず、この状況下でも、ルカを怖がらせないよう気を遣っている。ベッドの横にあった椅子を差しだし、可畏だけを座らせた。

「それで、霊能力者には恐竜の霊が見えていて、以前から俺を超人かなにかだと思っていたということだな?」

「はい、今も……恐竜の姿をした霊や、人間の姿の霊がたくさん憑いています。ほとんど全部、恨みを持つ悪いものです……にもかかわらず、貴方は健康的に暮らせている。普通の人間ならあり得ないことなんです」

ルカは可畏の肩や背後を見つめ、この場にいる全員——慈雨を始め、潤も侍も可畏の背後に注目した。

しかし見えるのは可畏自身が背負うティラノサウルス・レックスの巨大なグレーの影だけで、幽霊など見えるはずもない。

「崇星会と協力関係にあるカイザー製薬は、すでに超人の血を手に入れていて……再生能力の高さを確認しています。ただ、今のところはまだ……薬は未完成で、人間に使用できる段階にないそうです。それで……貴方の血や、親族の方の血を求めていました」

「そんなときに、慈雨の入学話があったわけだな?」

「はい……寮監や副寮監になればある程度部屋割りに口を出せるので、慈雨くんと同じ部屋になって信用を得て、家に連れてくるよう命じられました。もちろん抵抗はありましたが、もし万能薬や若返りの薬のようなものができれば、病気や老いで苦しむ人はいなくなるといわれて、確かにそうかもしれないと……心が動いたのは事実です」

ルカはそこまで話すと、目の表面を涙で揺らめかせながら、ふたたび頭を下げた。

「本当に申し訳ありません。僕のせいで、慈雨くんの耳にひどい怪我をさせてしまいました」

「……耳？」

「あ……っ、や、全然、耳なんて全然！　怪我ってほどの怪我してないし」

親がルカに怒りを向けないようにしたかった慈雨は、事前に耳や髪についた血を洗い流し、自分は怪我などしていない振りを装っていたのだが、ルカがバラしてしまったので「ほんと、ちょっと掠《かす》っただけだから」と必死に弁解する。

「先輩は御両親を亡くして伯父さん夫婦に育てられて、どうしても逆らえない状況だったんだ。それに、先輩は俺を拉致する話は知らなくて、ちょっと血を採るだけって聞かされてたんだ。だから先輩は全然悪くないから」

さらに弁解する慈雨だったが、可畏にぎろりとにらまれる。

黒い瞳を囲む赤い斑の入った黒い虹彩は、静かな怒りに満ちていた。

その証拠に赤い部分の色が強くなり、恐竜化するときの目にそっくりになっている。

相当に感情を抑えているのがわかると、先行きが不安で冷や汗が垂れた。

「悪くないということはないだろう」

可畏はルカに対しても慈雨に対してもきびしい目を向け、不快感を隠さない。

慈雨の右耳に触れると、欠損や傷などがないことを指と目で確認した。

「耳を撃たれたってことは、少し違えば急所を撃たれて死んでいたかもしれないってことだ。お前は事の重大さをわかってない」

「パパ……いやほんとに、ちょっと掠めただけだって」

潤も気になるようで、「ほんとにちゃんと治った？　よく見せて」と、横から慈雨の耳元を覗き込む。

「治った、ちゃんと治ったし、ほんと大した怪我じゃなかったんだ。お願いだから先輩を責めないで」

慈雨はルカの体を押さえながらも、すがるような目で可畏を見つめる。

起こってしまった事実は変えられないので、可愛い息子としての立場をフルに使って許しを請うしかなかった。

「可畏、そんなに怖い顔でにらまないであげて……ルカくん、大人びてるけどまだ高校生だし、親代わりの人に逆らえなかったのも無理ないよ」

「潤……」

「もう許してあげて……ね？」

潤は聖母マリアのように慈愛に満ちた顔をして、可畏の背後に回る。

後ろから揉《も》むように両肩を撫で、「可畏に悪霊がたくさん憑いてるっていうのが気になるし、スッキリ除霊してもらってチャラにしたら？」と提案した。

「そうだよ、それでいこう！　先輩が全快したら除霊してもらうってことでチャラ！」

「除霊なら、今すぐにでも、ここで……っ」

「いやいや、先輩無理しちゃ駄目。霊障ないなら急ぐ必要ないし、全快してからでいいって」

「お前は黙ってろ」

慈雨は可畏に小突かれ、「いちゃいっ」と頭を抱える。

内心ではもう許しているだろうに、立場上なかなかうんといえない可畏に、今度は倖が寄り添った。

「──パパ、慈雨くんすごく反省してるみたいだし、ルカ先輩のこと大好きなんだと思うし、もう許してあげて……ね？」

「倖……」

聖母のような妻と、天使のような息子に挟まれながら、可畏は渋い顔をする。

厚めの唇をへの字に結んでいたが、深い溜め息と共に口を開いた。

「潤と倖がそこまでいうならしかたない。竜人の血が製薬会社の研究対象になっているという話も気になるし……今回はそれがわかっただけでよしとしよう。是永くん、友人であれなんであれ慈雨と付き合うなら、慈雨の信頼を二度と裏切るな」

「は、はい」

「慈雨、見逃してやる代わりに月に一度は帰ってこい。約束を守れないなら竜泉に転校させる」

「はい、わかりました。必ず帰ります！」

ぱあっと笑顔になった慈雨は、「倖ちゃーん」と久々に倖を抱き締める。

あれほど悩んでいたよこしまな情動は少しも起こらず、双子の兄として当たり前にハグすることができていた。


出血の多かったルカは入院することになり、竜嵜家の面々は帰っていった。

慈雨だけは残って、静まり返った病室でまた二人きりになる。

「うちの父親、目力すごくって……怖いですよね。なんかごめんなさい、です」

「いいお父さんだな、お母さんも弟さんも」

「うん、まあ……」

「あんなにいい御家族に心配や迷惑をかけて、本当に申し訳ないことをしたと思ってる」

「……うーん、でもうちの親……あの通り異様に若くて全然年取らないし、超人とか疑われて狙われるのも当然かなって感じもする……実際その通りなわけだから。たぶんカイザー製薬を買収して、竜人の血を回収とかするんじゃないかな？　うちとしてはむしろ助かったかも」

慈雨は元通りになった右耳をつまみ、「耳も治ったし」と耳たぶを揺さぶってみせる。

からっとした笑顔で話しかけてルカの笑みを引っ張りだしたかったが、そう簡単に笑ってはもらえなかった。

「無事で済んだのは慈雨の能力のおかげであって、本来なら右耳がなくなっているところだし、今頃は製薬会社の研究室に連れていかれてたかもしれない。伯父たちの目論見《もくろみ》が失敗したのは、慈雨が予想を上回る能力を持ってたからだ」

「まあそれはそうなんだけど、結果的に俺は無事だから」

「ごめん、本当に……どう謝っても謝りきれない」

「もう十分だし、怪我人がそんなに気にしなくていいってば」

「慈雨……」

ルカは不安定に揺らぐ目をして、首を左右に振る。

なにをいっても気持ちが軽くなることはないのか、長い睫毛《まつげ》が涙に濡れていた。

「先輩、泣かないで」

慈雨が声をかけると、ルカの睫毛はいっそう濡れる。

しまいには涙の粒があふれだし、頬の上を伝っていった。

普段と違って少し乾いた唇から、「後悔してる」とつぶやきが漏れる。

「先輩……」

ルカが泣いているのを目にすると、慈雨も釣られて泣いてしまう。

なにをいっても、どんなことをしても……ルカは自分を責めるのをやめないのだと思うと、かける言葉が見つからなかった。

もし人間の記憶を操作する異能力でも持っていたら、ルカの中から今日の出来事を全部消し去りたい。自分に対してなんの負い目もなかった、昨日までのルカに戻したい。

「先輩……あのさ……」

せめて少しでもなぐさめたくて手の甲に触れると、温かい体温を感じる。

慈雨は普通の人間よりも体温が低いので、発熱している今のルカの手には、ひんやりとした感触が伝わっているだろう。

「退院したら、学校に戻るよね？　戻ってくれなきゃいやだよ」

手を重ねながらいうと、ルカはしばらく迷ってからうなずいた。

それだけで、慈雨は天にも昇る心地になる。

海沿いの学園——聖ラファエルで、ルカと一緒にすごせる日々が恋しい。

ルカを守りきれなかった自分にも、崇星会の連中にも腹が立つけれど——あの日々が戻ってくるのなら、今はとりあえずそれでよかった。

「先輩、また一緒にごはん食べようね」

「……うん」

「お風呂も一緒に行くよ。先輩の背中を流していいのは、俺だけだからね」

「うん……」

「散歩も行こうね」

「うん」

「俺、高性能空気清浄機だから、いつも先輩のそばにいるよ」

「慈雨……」

はらりと流れる涙を追って、慈雨はルカの頬に唇を寄せる。

頬へのキスに等しかったが、涙のおかげで抵抗なくできてしまった。

上下の唇で吸い取った涙は少ししょっぱくて、消毒薬の味が混ざっている。

頬にキスをして……それだけで十分だと思ったのに、もっとしたくなった。

「先輩……キス、してもいい？」

答えはなかった。

少し待っても、ルカはなにもいわない。

今こんなふうにキスを求めたら、ルカは断りたくても断れないんじゃないか——そう思うと、投げかけた言葉が罪に思えた。

ふんわりとやわらかそうな唇にキスをしたい。

とてもしたいけれど、いやいやだったらしたくない。

「キスしたら、好きになっちゃうから……駄目？」

ルカの長い指を爪の先まで辿りながら、慈雨は唇を見つめる。

いつもの艶めく唇とは違うけれど、わずかに開いた口がたまらなく色っぽく見えた。

「駄目じゃないよ」

「ほんとに？」

「うん」

息がかかるほど近づくと、黒髪と金髪が触れ合う。

鼻先も掠め合い、緊張のあまり心音が大きく響いた。

「先輩……」

「——俺はもう、好きになってるから」

「ん、ぅ」

告白と同時に、口づけられる。

ふにっとした感触に心がよろこび、唇は熱を帯びた。

好きといわれて……薔薇色《ばらいろ》の花が咲き乱れるようだった。

それがどんどん増えていき、思考のすべてが恋の色一色に染まっていく。

この人が好きだと、今はっきりと自覚した。この人のすべてを欲し、守りたいと思った。

《七》

ルカが退院すると同時にゴールデンウィークが始まり、慈雨はルカと一緒に恋島に戻った。

生徒の大半が帰省や旅行でいないため、寮は人が少なくとても静かだ。

怪我をしたことをあまり人に知られたくないルカには好都合だったが、大浴場を使えば当然わかってしまうことなので、無理に隠してもいない。仲のよい笠原などには、「学校外で悪霊祓いをしたときに、肩と顔を負傷した」と説明してあった。

富士山がくっきりとよく見える朝、慈雨はルカから「天気がいいし、洗濯に行かない?」と誘われて、二つ返事で飛びついた。

寮に帰ってきてからは以前のルカとほとんど変わらなかったが、罪悪感のせいかなんとなく遠慮がちだったので、以前と同じように誘ってくれたのがうれしかった。

地下一階のランドリールームに行くときは、ネットで出来た洗濯用バッグを持っていく。洗濯洗剤や柔軟剤などと一緒に洗濯物を詰め込んで、二人でエレベーターに乗った。

普段は空いているかどうかを気にするところだが、今日はその必要がない。

いつも誰かしらいるランドリールームには人気《ひとけ》がなく、乾燥機が稼働しているだけだった。

壁際にはドラム式の洗濯乾燥機が並んでいて、中央には作業台とアイロン台が置いてある。ついでに本棚もあり、洗い上がるのを待つ間に雑誌や本を読めるようになっていた。

原則として洗濯のコースはスピードコースを利用することになっているので、二十分で洗い上がる。乾燥機を使わず外干しする場合はいちいち部屋に戻らず、大抵はここで雑談しながら待つ流れだった。

慈雨は「今日は乾燥機使いませんよね？」とルカに確認し、ルカは「うん、お天気いいし外干しだね」と答える。

慈雨は四年生の洗濯機を、ルカは五年生の洗濯機を利用して、好みの洗剤や柔軟剤を入れた。スタートボタンを押したあとは作業台の下から椅子を引っ張りだし、向かい合って座る。

洗濯物を畳むための作業台にはビニールのマットが敷いてあり、その下に洗濯に関する注意事項が書かれた紙が挟んであった。

洗濯機の使い方はもちろん、アイロンのかけ方や洗濯物の畳み方など、家庭科の授業で習う内容が所狭しと並んでいる。

「誰か乾燥機使ってますね」

「今日は外干しのがよさそうなのに」

「干すのが面倒くさいんじゃないですか？」

「そうなんだろうね。俺は外干しのほうが好きだけど」

「俺もです。面倒くさいけど」

慈雨はそういいながらも、ルカと一緒に洗濯物を干すのは好きだなと思っていた。

一人だったら面倒でも、二人でやると結構たのしい。

こうして作業台で雑談しながら待つのも好きだし、ルカが事件以前と変わらない様子なのがとにかくうれしかった。

「六年生に聞いたんだけど、低層階で外干しすると洗濯物がちょっと潮臭くなるらしいよ」

「ああ、それはあるかもですね。俺は気にしませんけど」

「うん、慈雨はそうだろうね」

竜人であることをルカには隠す必要がなくなったので、慈雨は「なにしろ海の子なんで」とつけ加える。

「海で産まれたの?」

「海ではないですけど、海水を溜めた大きな水槽の中で産まれました」

事実を話したが、これだけだと水中出産を想像されるかもしれない。

実は卵生で、男の母親の胃から卵のまま摘出されて水中で育った……とまでは話さないが、仮に話したとしても、この人は引いたりしないだろうなと信じていられた。

初めて会った日からルカが自分に見せてきた姿は、嘘ではないと思っている。

慈雨の情報を事前に知っていたとしても、まったく知らなかったとしても、この人の態度はそれほど変わらなかっただろう――そう思えるくらい、ルカの人柄を信じていられた。

「傷のほう、痛みはどうですか？」

「もう大丈夫。大きく動かさなければ忘れてるくらい」

「でも洗濯物を干すのはきつくないですか？　腕を上げたり下げたりするから」

「……ああ、そうかな？　そうかもしれない」

「やっぱり乾燥機使います？」

「いや、なんとか干すよ。ゆっくりやる」

ルカがそういうので、慈雨は干すのを手伝うつもりで「はい」と答えた。

ゴゥンゴゥンと音を立てていた洗濯機が止まり、終了を告げるアラームが鳴る。

それぞれ自分の洗濯物を取りにいき、作業台の上まで運んで一つ一つ広げた。

ビニールの下に挟まっているマニュアル通り、濡れたシャツに手アイロンをかける。

皺《しわ》を伸ばして軽く叩いて、干しやすいよう整えながら積み上げていった。

寮に入るまでは洗濯など自分でしたことがない慈雨だったが、今では手アイロンもすっかり慣れて、干す前の準備は完璧だ。

すっかり重くなった洗濯物をネットのバッグに入れ、二人はエレベーターに乗る。

十階の自室に戻り、富士山がよく見える大きな窓を全開にした。

「先輩、ピンチは俺がやるから渡してください」

バルコニーに出ると、慈雨はルカにアイアンの椅子を勧める。

腕を上下に大きく動かさなくてもいいように、洗濯物を渡す係を頼んだ。

ルカは「ありがとう」と、慈雨の提案通りにする。

春の朝の太陽の下、慈雨は二人分のタオルや下着を次々とピンチハンガーに干した。

渡すときに改めて皺を伸ばしてくれるルカから、Tシャツを受け取って洗濯用のハンガーに通す。

ただ洗濯物を干しているだけなのに、なんともいえない幸福感が胸の底から込み上げてきて、柔軟剤の香り通り、辺り一面に花が咲いている気がした。

「なんか、こうしてると新婚さんみたいですよね」

慈雨が照れながらいうと、ルカは少し間を置いて「そう？」と首をかしげる。

いまいちピンとこないといいたげな顔だったので、慈雨は「そう思いません？　だってほら、俺たち……付き合ってるわけですし」と、ドキドキしながらいってみた。

「――え？　まだ付き合ってないよ」

びっくりしたような顔でいわれ、慈雨はショックのあまり言葉を失う。

まだ――とはついているものの、「付き合ってないよ」と断言されたのは衝撃だった。

「俺のこと好きっていって、キスまでしたじゃないですか」

「それでも付き合ってはいないよ。付き合うときは、『付き合おう』『はい』っていう、明確なやり取りがないと付き合ってることにはならないんだよ」

「そ、そうなんですか？　じゃあ、『付き合いましょう』」

はい――という返事を求めて交際を申し込んだ慈雨に、ルカはふるふると首を横に振る。

否定的ポーズにさらなる衝撃を受ける慈雨に向かって、「まだ駄目だよ」と明言した。

「なんでっ、どうしてですか？」

「慈雨と同じ部屋でいたいから」

「――っ、先輩……」

天国から地獄へ突き落としたかと思うと、救いの蜘蛛《くも》の糸を垂らすように甘いことをいってくるルカに、慈雨は激しく翻弄される。

まさかここで、カップルは同室になってはいけない――という寮のルールに邪魔されるとは思っていなかった。

「部屋替えしたくないのは俺も同じですけど、それなら付き合ってることを隠しておけばいいじゃないですか」

「それはルール違反になるから駄目だよ。俺は副寮監だし、そうでなかったとしてもそういう違反はしない主義だから」

「――えええ……いつになったらＯＫなんですか？」

ルカは最後の洗濯物を広げて、くすっと笑う。

「うーん、いつだろう……」

いったいいつになったら付き合うことになるのかわからないが、今すぐでなくても、慈雨はそれほど不幸ではなかった。

ルカが以前と変わらないきらきらとした笑顔を見せてくれるので、それだけでふたたび天に昇れる。

「それはそうと、今日も富士山が綺麗だな」

「そうですね……あ、俺たちの関係を祝福してくれてるのかも」

「うーん、それはどうだろう」

「そうに決まってますよ」

洗濯物をすべて干し終わった慈雨は、ルカと一緒にバルコニーの柵に近づく。

四月の終わりの富士山を二人で見ながら、「先輩、好きです」と告白すると、「俺も、慈雨のことが好きだよ」と、なごやかに答えてくれた。

あとがき

こんにちは、犬飼《いぬかい》ののです。

本書を御手に取っていただき、ありがとうございました。

暴君竜シリーズのスピンオフ『氷竜王と炎の退魔師』でした。


潤と可畏の子供の中で慈雨が特に書きやすいのと、子を育てる親ではなく、普通っぽい男子高生を書きたいなぁという気持ちから始まったスピンオフでした。

タイトルに王とついていますが、支配者という意味の王ではなく、そのジャンルでもっとも優れた能力者……というくらいの意味で王とつけているシリーズなので、ご理解ください。

なにしろまだ十七歳と十五歳、ピュアで可愛い童貞同士です。一緒にいろいろ間違えながら成長していく感じになるように、まだ不完全で駄目なところもあるように……だからといって子供すぎないように気をつけて書きましたが、いかがでしたでしょうか?


慈雨の体質などの都合上、新しい学校の場所を静岡にしたので、実際に静岡の離島に取材に行きました。

富士山がどちらに見えるのか、日差しはどう入るのか、波音や潮風はどうなのか、いろいろ知りたかったことがわかって、行ってみてよかったです。
私が泊まったのは現役のラグジュアリーホテルなので朝食のビュッフェが素晴らしくて……あれと同じ物を毎日食べられる聖ラファエルの生徒がうらやましいです。

これまで暴君竜シリーズ本編を応援してくださった読者様と、いつも素晴らしいイラストを描いてくださる笠井《かさい》あゆみ先生、導いてくださった担当様や関係者の皆様に感謝しています。
どうか引き続きお付き合いください。

犬飼のの

この本を読んでのご意見、ご感想を編集部までお寄せください。

《あて先》〒141-8202 東京都品川区上大崎3-1-1 徳間書店 キャラ編集部気付
「氷竜王と炎の退魔師」係

【読者アンケートフォーム】

QRコードより作品の感想・アンケートをお送り頂けます。

Chara公式サイト http://www.chara-info.net/

Chara

氷竜王と炎の退魔師

【キャラ文庫】

■初出一覧

2023年9月30日　初刷

著者　犬飼のの
発行者　松下俊也
発行所　株式会社徳間書店
〒141-8202　東京都品川区上大崎3-1-1
電話　049-293-5521（販売部）
03-5403-4348（編集部）
振替　00140-0-44392

印刷・製本　株式会社広済堂ネクスト
カバー・口絵
デザイン　モンマ蚕（ムシカゴグラフィクス）

ISBN978-4-19-901111-5

犬飼ののの本

好評発売中

「暴君竜の純愛」

暴君竜を飼いならせ番外編2

イラスト✦笠井あゆみ

超進化型Ｔレックスの血を引く可畏《かい》と、その伴侶の潤《じゅん》に、奇跡の卵が宿り可愛い双子が誕生——!! 竜人の特殊能力を持つ双子の育児奮闘記と、水竜王・蛟《みずち》の子育て指南、お付き竜人たちと迎えた卒業式、恐竜だらけの南の島への家族旅行——。さらに、三人目の我が子・ミハイロを迎えた可畏と潤の婚約式に、招かれざる客が現れて!? 書き下ろし新作「欲深き肉食の婚約者」も収録した番外編集第二弾!!

犬飼ののの本

好評発売中

[暴君竜の純情]

暴君竜を飼いならせ番外編1

イラスト✦笠井あゆみ

可畏と潤が出会い、家族となるまでの愛の軌跡——
めくるめく日々を綴った番外編集第1弾!!

恐竜の血を輸血され、特殊能力に目覚めた高校生・潤《じゅん》と、超進化型Tレックスの遺伝子を持つ可畏《かい》との、刺激的な学院生活——。竜人入り乱れる球技大会や、映画館貸し切りのデート、可畏に抱かれる潤を熱を孕んだ視線で見つめるお付き竜——これまでに発表された掌編を完全網羅した番外編集第一弾!!　水竜王・蛟《みずち》と潤の親友・森脇《もりわき》との運命的な邂逅「人魚王を飼いならせ」も大幅加筆で収録♡

犬飼ののの本

好評発売中

「暴君竜を飼いならせ」シリーズ1〜10 以下続刊

イラスト✦笠井あゆみ

この男の背後にある、巨大な恐竜の影は何なんだ…!?　通学途中に事故で死にかけた潤《じゅん》の命を救ったのは、野性味溢れる竜《りゅう》嵜《ざき》可《か》畏《い》。なんと彼は、地上最強の肉食恐竜・ティラノサウルスの遺伝子を継ぐ竜人だった!!　潤の美貌を気にいった可畏は「お前は俺の餌だ」と宣言!!　無理やり彼が生徒会長に君臨する高校に転校させられる。けれどそこは、様々な恐竜が跋扈《ばっこ》する竜人専用の全寮制学院だった!?